琦君小品

琦君 著

三民書局

緣　起

　　經典，是經久不衰的典範之作——無畏時光漫長的淘選，始終如新，每每帶給讀者不一樣的閱讀感受。閱讀經典，可以使心靈更富足，了解過往歷史，並加深思考，從中獲取知識與能量；可以追尋自我，反覆探問，發現自己最真實的樣貌。經典之作不是孤高冷絕，它始終最為貼近人心、溫暖動人。

　　隨著時代更替，在歷經諸多塵世紛擾、心境跌宕後，是時候回歸經典，找尋原初的本心了。本局秉持好書共讀、經典再現的理念，精選了牟宗三、吳怡深度哲思探討的著作；薩孟武與傳統經典對話的深刻體悟作品；白萩創造文學新風貌的詩作，以及林海音、琦君溫暖美好的懷舊文章；逯耀東、許倬雲、林富士關注社會、追問過去的研讀。以全新風貌問世，作為品味經典之作的領航，讓讀者重新閱讀這些美好。期望透過對過往文化的檢視，從中追尋歷史的真實，觸及理想的淳善，最終圓融生活的感性完美。

　　這些作品，每一本都是值得珍藏的瑰寶——它們記錄著那個時代臺灣文化發展的軌跡，以及社會變遷的遞嬗；以文字凝結了歲月時光，留住了真淳美好。

　　「品味經典」邀請您一起 品 味 經 典。

永遠與時代對話

宇文正

　　我一直認為從琦君的書進入成長歲月是一件幸福的事，好比一個嬰孩最初的生命經驗，如果來自一個慈母的照撫，這一生，他將有更堅強的信念，面對人生的種種艱難、徬徨與無常。愛是人間最神祕的一種力量。而琦君的筆下，那所有好聽的故事，所有作品織就的境界，無非是愛。

　　從琦君的作品進入文學的世界，更是一件幸運的事。琦君自幼從家庭教師習古文，有深厚的中國古典文學基礎；中學、大學讀教會學校，接受五四以來新文學的刺激；更有良好的英語能力，遍讀西方經典。這三方厚實的基礎，融攝於她的文字，典雅卻不雕琢；流暢而不甜膩。以白話文承載中國古詩詞的音韻之美，琦君成功地融鑄了她語言的風格。

　　我撰寫《永遠的童話──琦君傳》已是十五年前的事了，但與琦君阿姨的緣分從未斷絕。例如琦君百歲時，中央大學邀我去演講，去年（二〇二〇）底，文訊舉辦「風

華絕代——各世代女作家」系列講座也請我去談琦君。演講前，我常重讀一二冊琦君作品，再把自己寫的《琦君傳》翻閱一下，讓自己再一次沉浸在琦君的作品及她的人生裡。

　而每一次重讀琦君，都會有新的感受。譬如去年底翻閱《琦君傳‧後記》，讀到這段話便頓住了。那是李唐基伯伯告訴我的：「琦君有位年輕的忘年交，他的父親也寫作，他曾對琦君說：『我爸爸看了風景就寫詩，我對他說：奇怪，我明知是你寫的，讀起來卻像古人的詩；為什麼琦君阿姨的白話文裡也常冒出古人的詩詞，我卻覺得好像就是她自己寫的？放在那裡就是那麼恰當！』」

　我想著，琦君的文章，琦君的事蹟似乎永遠在與時代對話，這幾年來有許多關於古典文學教育的爭議，琦君是最好的一個典範。琦君曾受嚴格的古典教育，可是讀過琦君作品的人，大約無不感到親切，從沒有人覺得她的文字艱澀、掉書袋，這是古典讀得多、讀得深、讀得通透才能抵達的境界。

　所有的古典詞彙，在琦君筆下都鮮活如白話，她的散文靈活穿梭古典與現代，讀者卻渾然不覺。有趣的是，林海音評論琦君，也喜歡揀古書上的話來形容，說琦君的寫作風格是：「一生兒愛好是天然，卻三春好處無人見。」（《牡丹亭》）

　　一生兒愛好是天然，那是琦君作品的境界，也是她的人生境界。那三春好處，在時代的淘洗、淬鍊下，你見，我見。我很開心看到三民書局將重新出版《琦君小品》、《讀書與生活》二書，這兩本書收錄的作品，有散文，有小小說，有讀書、寫作心得，甚至還有琦君創作的古典詩詞，能讓人看到琦君的文學養成，她對文學的看法，以及她在各種文類的嘗試。經典值得一讀再讀！

前　言

　　這是混合回憶、雜感、遊記、小小說、詞與讀書寫作心得於一集的小冊子。無以名之，乃名之曰「小品」。換言之，它像一碟子什麼名堂都有一點的葷素拼盤，讀者諸君在看完了大堆頭的長篇小說以後，偶然翻翻這本小冊子，也就如同吃多了全雞全鴨的大菜，夾幾筷子雪裡紅炒筍絲或泡菜等，換換口味，也未始不可一清腸胃。它是一本可以隨時拿起隨時丟下的小書。

　　看完最後的校樣，我感到十分的空虛，回顧一下這許多年來，我竟始終沒有寫出一篇十分有份量的長篇，而儘是些三五千字以內的短文，內容又是如此的平凡不足道。可是儘管它們短與平凡，我卻總捨不得丟棄，因為我珍惜寫作時的一份情感。記得我在散文集《煙愁》的後記中曾說過這樣的話：「我若能忘卻童年，忘掉故鄉，忘卻親人師友，我若能不再哭，不再笑，我寧願擱下筆，此生永不再寫，然而怎麼可能呢？」這也就是我為什麼在《煙愁》以後，再印此集的原因了。

　　回憶、雜感、遊記是近一二年中寫的，而那些每篇不滿三千字的小小說，卻是從我好多年來所寫的當中選出八篇，我一直非常的「鍾愛」它們，過去出短篇小說集、散文集時，都無法納入，現在以小品之名，則可以兼收在內了。那些故事，除了其中的一篇以外，都不是關於愛情的。我只擷取週遭人物各式不同的形相，給他（她）們速寫一幅小像，或替他（她）們說幾句心裡想說的話。自己知道非常粗疏，但我卻很偏愛它們，因為這些人物與我，早已莫逆於心了。

　　提起那二十二首詞，則更使我汗顏無地。來臺以後，因忙於生事，很少有填詞的閒情逸致。十多年來，雖然前前後後也填了不少首，但卻隨寫隨丟，除了幾首曾經發表的尚留下剪報以外，其餘的都已散失不可記憶了。日前整理書篋，在筆記本中又發現了幾首在大陸時填的「未定稿」。雖已時過境遷，但為了留一絲雪泥鴻爪的記憶，也就把它們湊在一起。不成熟的作品，實不足以當高明之一粲。

　　最後，我得特別感謝糜文開先生賢伉儷，與三民書局的劉經理，若不是由於糜先生夫婦的鼓勵，與劉先生這一套叢書的計劃，我可能也不會有興致整理這一些舊稿的。

琦　君

五十五年十二月於臺北

目次

緣　起

永遠與時代對話／宇文正

前　言

第一輯

外祖父的白鬍鬚	3
憂・愁・風・雨	11
慈悲為懷	16
佛　緣	21
爛腳糖	24
神奇的景象	29
清明前一日訪問南港胡先生故居	32
楠　兒	35
聖誕老公公	40

萬事如意　43

媽媽哭了　46

摘手錶　49

一粒沙子　53

從貓咪說起　56

我也是「緊張大師」　62

孩子的生日　66

我的童話年代　69

一朵小梅花　76

燈下瑣談八則　83

訪韓記感　98

第二輯

紅　燭　159

茶蘼花　164

最速件　170

歸去來兮　176

兩　代　186

患難之交　195

媽媽離家時　200

燈　下　205

第三輯

臨江仙　詠友人棠梨館雅集　213

臨江仙　紅梅　213

清平樂　紅梅　213

減字木蘭花　梨花　214

浣溪沙　賦別　214

虞美人　早春　214

踏莎行　秋感　215

惜紅衣　前題　215

鵲橋仙　215

蝶戀花　遊碧潭　216

清平樂　216

虞美人　題彭歌小說《危城書簡》　217

臨江仙　題彭歌小說《斷鴻》　217

齊天樂　218

水調歌頭　218

金縷曲　遙寄倩因（三十九年）　219

滿江紅　遙寄倩因　219

水調歌頭　己丑重陽隨陸東曼青諸先生遊碧潭　220

賀新郎　浩雨初晴，與友人市樓小酌感賦　220

金縷曲　讀嗣汾新著《康伯蘭的秋天》　221

金縷曲　送別孟瑤　221

金縷曲　寄贈秀亞　222

附　編

漫談創作　227

寫作技巧談片　235

寂寞詞心——我讀辛棄疾詞　241

外祖父的白鬍鬚

　　我沒有看見過我家的財神爺，但我總是把外祖父與財神爺聯想在一起。因為外祖父有三綹雪白雪白的長鬍鬚，連眉毛都是雪白的。手裡老捏著旱煙筒，腳上無論夏天與冬天，總拖一雙草拖鞋，冬天多套一雙白布襪。長工阿根說財神爺就是這個樣兒，他聽一個小偷親口講給他聽的。那個小偷有一夜來我家偷東西，在穀倉裡挑了一擔穀子，剛挑到後門口，卻看見一個白鬍子老公公站在門邊，拿手一指，他那擔穀子就重得再也挑不動了。他嚇得把扁擔丟下，拔腿想跑，老公公卻開口了：「站住不要跑。告訴你，我是這家的財神爺，你想偷東西是偷不走的。你沒有錢，我給你兩塊洋錢，你以後不要再做賊了。」他就摸出兩塊亮晃晃的銀元給他，叫他快走，小偷從此不敢到我家偷東西了。所以地方上人人都知道我家的財神爺最靈，最管事。外祖父卻摸著鬍子笑咪咪地說：「那一家都有個財神爺，就看這一家做事待人怎麼樣。」

　　外祖父是讀書人，進過學，卻什麼都沒考取過。後來

就在祠堂裡教私塾，在地方上給人義務治病。他醫書看得很多，常常講些藥名或簡單的方子給媽媽聽。因此媽媽也像半個醫生，什麼茯苓、陳皮、薏米、紅棗，無緣無故的就熬來餵我喝，說是理濕健脾的。外祖父坐在廚房門口的廊簷下，摸著長鬍鬚對媽媽說：「別給孩子吃藥，我雖給旁人治病，自己活這麼大年紀，卻沒吃過藥。」他說耳不醫不聾，眼不醫不瞎，上天給人的五官與內臟機能，本來都是很齊全的，好好保養，人人都可活到一百歲。他就說他自己起碼可以活到九十以上，因為他從不生氣。我看著他的雪白鬍鬚，被風吹得飄呀飄的，很相信他說的話。

冬天，他最喜歡叫我端兩張竹椅，並排兒坐在後門矮牆邊曬太陽。夏天就坐在那兒乘涼，聽他講那講不完的故事。媽媽怕他累，叫我換張靠背籐椅給他，他都不要。那時他七十多歲，腰桿挺得直直的，沒有一點傴僂的老態。他對我說：古書裡有個「兮」字，是表示肚子裡有氣，這口氣到喉嚨口又給堵住了，透不出來，八字鬍子氣得翹，連背都駝了。他把「兮」字畫給我看，所以我「人手足刀尺」還不認識，第一個先認識「兮」字。長大後讀楚辭，看見那麼多「兮」字，才知道這位憤世愛國的詩人，顏色憔悴，形容枯槁地行吟澤畔，終於自沉而死，心裡有多麼痛苦。

　　坐在後門口的一件有趣的工作，就是編小竹籠。外祖父用小刀把竹籤削成細細的，教我編一個個四四方方的小籠子。籠子裡面放圓卵石，編好了扔著玩。有一次，我捉一隻金龜子塞在裡面，外祖父一定要我把牠放走，他說蟲子也不可隨便虐待的。他指著牆腳邊正在排著隊伍搬運食物的螞蟻說：「你看螞蟻多好，一個家族同心協力的把食物運回洞裡，藏起來冬天吃，從來沒看見一隻螞蟻只顧自己在外吃飽了不回家的。」他常常故意丟一點糕餅在牆角，坐在那兒守著螞蟻搬運，嘴角一直掛著微笑。媽媽說外祖父會長壽，就是因為他看世上什麼都是好玩的。

　　要飯的看見他坐在後門口，就伸手向他討錢。他就掏出枚銅子給他。一會兒，又一個來了，他再掏一枚給他。一直到銅子掏完為止，搖搖手說：「今天沒有了，明天我換了銅子你們再來。」媽媽說善門難開，叫他不要這麼施捨，招來好多要飯的難對付。他像有點不高興了，煙筒敲得咯咯的響，他說：「那個願意討飯？總是沒法子才走這條路。」有一次，我親眼看見一個女乞丐向外祖父討了一枚銅子，不到兩個鐘頭，她又背了個孩子再來討。我告訴外祖父說：「她已經來過了。」他像聽也沒聽見，又給她一枚。我問他：「您為什麼不看看清楚，她明明是欺騙。」他說：「孩子，天底下的事就這樣，他來騙你，你只要不被他

騙就是了。一枚銅子，在她眼裡比斗笠還大，多給她一枚，她多高興？這麼多討飯的，有的人確是好吃懶做，但有的真是因為貧窮。我有多的，就給他們。也許有一天他們有好日子過了，也會想起從前自己的苦日子，受過人的接濟，他就會好好幫助別人了，那麼我今天這枚銅元的功效就很大了。」他噴了口煙，問我：「你懂不懂？」

「懂是懂，不過我不大贊成拿錢給騙子。」我說。

「騙人的人也可以感化的，我講個故事給你聽，我們的國父孫中山先生就是位最慷慨，最不計較金錢的人，他自己沒錢的時候，人家借給他錢，他不買吃的、穿的，卻統統買了書。他說錢一定要用在正正當當的地方。所以他鼓吹革命的時候，許多人向他借錢，他都給。那時他的朋友胡漢民先生勸他說：許多人都是來騙你錢的，你不可太相信他們。他說沒有關係，這麼多人裡面，總有幾個是真誠的，後來那些向他拿過錢，原只是想騙騙他的人，都受了他的感動；紛紛起來響應他了。這一件事就可證明，人人都可做好人。當他壞人，他也許真的變壞，當他好人，就是偶然犯了過錯，也會變好的。而誠心誠意待人，一定可以感動對方的。我再講一段國父的故事給你聽。」他講起國父來就眉飛色舞，因為他最欽佩國父。他說：「國父在國外的時候，有一個留學生願意參加革命，後來又有點怕

了，就偷偷割開國父的皮包，偷走了一份革命黨員的名單，國父卻裝做不知道，等到革命成功以後，他一點也不計較那人所犯的過錯，反而給他一份官做。那人萬分的感動，做事做得很好。」

他忽然輕聲輕氣地問我：「你知不知道那一次你家財神爺嚇走了小偷是怎麼回事？」

「不知道。」

「你別告訴人，那個白鬍子財神爺就是我呀。」

「外公，您真好玩，那個小偷一定不知道。」

「他知道，他不好意思說，故意那麼告訴人的。我給他兩塊銀元，勸說他一頓，他以後就去學手藝，沒有再做小偷了。」

他又繼續說：「我不是說過嗎？那一家都有個財神爺，一個國家也有個財神爺，做官的個個好，老百姓也個個好，這個國家就會發財，就會強盛。」

這一段有趣的故事，使我一直不會忘記，進中學以後，每次聖誕節看見舞臺上或櫥窗裡白眉毛白鬍子的聖誕老公公，就會想起我家的財神爺——我的外祖父，和他老人家對我說的那段話。

「施比受更為有福。」這是中外古今不變的真理，外祖父就是一位專門賜予快樂給人們的仁慈老人。

　　我現在執筆追敘他的小故事，眼前就出現他飄著白鬍鬚的慈愛臉容。他活到九十六歲，無疾而終。去世的當天早晨，他自己洗了澡，換好衣服，在佛堂與祖宗神位前點好香燭，然後安安靜靜地靠在床上，像睡覺似的睡著去世了。可是無論他是怎樣的仙逝而去，我還是禁不住悲傷哭泣。因為那時我雙親都已去世，他是唯一最愛我的親人，我自幼依他膝下多年，我們祖孫之愛是超乎尋常的。記得最後那一年臘月二十八，鄉下演廟戲，天下著大雪，凍得足手都僵硬了。而每年臘月的封門戲，班子總是最蹩腳的，衣服破爛，唱戲的都是又醜又老，連我這個戲迷都不想去看，可是外祖父點起燈籠，穿上釘鞋，對我與長工阿根說：「走，我們看戲去。」

　　「我不去，外公，太冷了。」

　　「公公都不怕冷，你怕冷？走。」

　　他一手牽我，一手提燈籠，阿根背長板凳，外祖父的釘鞋踩在雪地裡，發出沙沙的清脆聲音。他走得好快，到了廟裡，戲已開鑼了，正殿裡零零落落的還不到三十個人。臺上演的是我看厭了的「投軍別窰」，一男一女的啞嗓子不知在唱些什麼。武生舊兮兮的長靠後背，旗子都只剩了兩根，沒精打采的垂下來。可是唱完一齣，外祖父卻拼命拍手叫好。不知什麼時候，他給臺上遞去一塊銀元，叫他們

來個「加官」，一個魁星興高采烈地出來舞一通，接著一個白面戴紗帽穿紅袍的又出來搖擺一陣，向外祖父照了照「洪福齊天」四個大字，外祖父摸著鬍子笑開了嘴。

人都快散完了，我只想睡覺。可是我們一直等到散場才回家。路上的雪積得更厚了，老人的長統釘鞋，慢慢地陷進雪裡，再慢慢地提起來，我由阿根背著，撐著被雪壓得沉甸甸的傘，在搖晃的燈籠光影裡慢慢走回家。阿根埋怨說：「這種破戲看它做什麼？」

「你不懂，破班子怪可憐的，臺下沒有人看，叫他們怎麼演得下去，所以我特地去捧場的。」外祖父說。

「你還給他一塊大洋呢。」我說。

「讓他們打壺酒，買斤肉暖暖腸胃，天太冷了。」

紅燈籠的光暈照在雪地上，好美的顏色。我再看外祖父雪白的長鬍鬚，也被燈籠照得變成粉紅色了。我捧著阿根的頸子說：「外公真好。」

「唔，你老人家這樣好心，將來不是神仙就是佛。」阿根說。

我看看外祖父快樂的神情，就真像是一位神仙似的。

那是我最後一次跟外祖父看廟戲，以後我出外求學，就沒機會陪他一起看廟戲，聽他講故事。

現在，我抬頭望蔚藍晴空，朵朵白雲後面，彷彿出現

　　了我那雪白長鬚的外祖父，他在對我微笑，也對這世界
微笑。

憂·愁·風·雨

　　自從「葛樂禮」颱風過境之後，給臺灣北部留下了滿目瘡痍，苦旱之中卻來個大水災，天公的情緒似乎不太正常。可是有什麼辦法呢？科學昌明的今日，本來不用再強調「靠天吃飯」這句話，但臺灣面積太小，中央山脈的水急速地往四下灌，政府對防洪治水固已盡了最大的努力，還是擋不住數十年來未有的水災。

　　一星期來，天氣仍未好轉，上午晴，下午大雨如注。望著滂沱的雨水，我就發愁。並不是愁自己（我現在的居處地勢較高，房子也還堅固，不至為大雨沖垮），是愁那些被颱風所洗劫的災民。他們飢餓，他們無以為家，他們將如何重建一個簡陋卻是溫暖的家。我相信政府固已有賑濟的妥善辦法，社會人士亦將踴躍捐輸。但一個家庭經過一次大水的浩劫，有的骨肉離散，有的產業蕩然，這一份創痛實在是難以彌補的，更是無法給予安慰的。

　　記得剛到臺灣時，一位同事誇大的描述颱風來時的情景是：「天昏地黑，伸手不見五指。」也許我那時比現在年

輕了十幾歲，好奇心強，就只想經歷一番颱風的奇觀。不過那一年的颱風並不太大，我又住在風雨不動安如山的大廈宿舍裡。一夜酣睡，醒來時，已只剩下雨絲風片。我還真懊惱颱風不夠刺激。披了雨衣，到外面跑了一圈，卻見馬路邊的大樹都折斷了好幾株，街上招牌也吹落了。我又去螢橋隔岸觀水，川端橋下的水勢奔騰，兩岸的棚戶全被淹沒了。我才知道颱風不是好玩的，小小的已釀成災害，如到了「天昏地黑，伸手不見五指」的程度，那簡直是滄海橫流，不堪收拾了。

第二年我搬進了一間透風漏雨的眷舍。夏天一陣豪雨，廚房便成澤國，臥室裡雨腳如麻，起坐室裡接雨漏的盆盆罐罐，就叮叮咚咚響起了風雨二重奏。待雨過天青以後，總要手忙腳亂地大費一番周章。因此，我多年來喜歡聽風聽雨的雅興已一掃而光了。那怕是烈陽如炙，下一陣雨可以涼爽一下，我都有點提心吊膽了。到了颱風季節，那更不必說，氣象臺掛出三個球，我的先生就得買回大把的麻繩鐵線，以備預防與搶修。每次的颱風過後，我們的「官舍」無不是泥濘滿室，四大皆空（因為瓦片與籬笆都隨風而去了）。打掃時我不免口出怨言，他卻悠然自得的說：「想想那些被水淹沒的棚戶吧，比起他們，已經是天堂了。」我沒好氣的說：「天堂？鋼筋水泥的高樓大廈才是天

堂呢！」他又笑笑說：「我們中國人的哲學是他人騎馬我騎驢，看看後面還有個挑擔夫，做個安份守己的小公務員，給你一份柴米油鹽的配給，一幢足蔽風雨的平房，就是亂世中最大的幸福。生活上小小的麻煩，正可以調劑平凡，給你一點情趣呢！」他永遠是心安理得。他平時懶散遲緩，風雨中搶修起來，卻變得敏捷而勤快。因此，我雖不再有閒情逸致欣賞風雨，而於狂風暴雨中與他一起，卻更體會到一份患難與共，相依倍切的安全感。

　　在那種情景中，我也最容易想起童年時在故鄉歡迎風雨的幼稚心情。我故鄉是個濱海的縣份，每年七八月間，必定有颱風過境。在我的記憶裡，每年的颱風，定要破壞不少東西，我就是個希望天下大亂，喜歡看東倒西塌的人。我老是光著腳板在大風雨裡跑，絲毫也不聽母親的喝止。或是爬在樓檻上，看後河裡的水逐漸上漲，白皚皚的浸沒了稻田。長工們愁眉苦臉的喊：「怎麼得了啊！」母親連聲念阿彌陀佛，祈禱天公快快收住風雨，我卻仰著頭問：「媽，大水什麼時候才到我們家門口呢？圍牆怎麼還沒有倒塌呢？」母親狠狠地瞪著我罵：「不懂事的丫頭，稻子都沒了，飯都要沒得吃了，還樂呢！」可是我不會擔心沒得吃的，越是大風雨的日子，家裡吃的東西越多，我既可以逞心如意地大吃大嚼，又可以賴在家裡不上學，颱風來是

再好玩也沒有了。

　　只有一個日子，我卻不盼望有颱風，那就是我的生日。我的生日是農曆七月，正是颱風季節。那一天，如果一早陰雲密佈，我就發愁了。因為有了風雨，母親就不讓我穿新衣服，也不請鄰家的孩子來吃我的「長壽麵」了。寶貴的一天，就白白被風雨趕跑了，多可惜呢？

　　記得我十歲生日的頭一天，飄著斜風細雨，阿榮伯望望天空說：「天上的雲都生了腳，飛得這麼快，不用說，明天定是個颱風天。」這樣隆重的日子，偏遇上颱風，我扁著嘴想哭，卻不甘心地喊：「你不要說嘛，都是被你說壞的。」阿榮伯敲敲旱煙管說：「去點根香，念幾卷《太陽經》吧，保佑明天大晴天。」我真的跑到佛堂前念了十遍《太陽經》，風雨卻越來越大了，我氣得眼淚直流。晚上，冷清清的，沒人給我「暖壽」。母親與阿榮伯忙著上門窗，修豬棚，搬稻草，我就一個人呆在屋簷下發愁。第二天，我的正日子，也是颱風的正日子。一切都完了，我十歲的「整壽」，註定在淒風苦雨中過去了。卻沒想到，到了傍晚，風停雨歇，我的乾媽忽然從城裡帶來四色禮品，和一位唱鼓兒詞的瞎子先生。害得母親殺雞宰鴨，大忙一陣。飯後，邀請左鄰右舍來聽全本「孟麗君」，輕風細雨敲打在玻璃窗上，和咚咚的鼓聲相應，更有一番熱鬧景象。大廳

上燃起雪亮的煤氣燈，映照著朱紅飛金的屏風，光彩閃耀，越發的顯得喜氣洋洋，我就做出十分雍容大度，儀態萬方的樣子，在人叢中穿來穿去，生怕客人不知道我是「壽星」呢。乾媽拉住我的手說：「小丫頭，你生日有風有水，長大了一生都順風順水。」我聽了真得意。

　　誰能一生都是順風順水呢？誰的一生中不會遇到風暴呢？年事長大以後，對風雨的喜愛，因而也轉變為另一種心情。颱風的日子，我隔著玻璃窗看外面萬縷千條的雨絲，聽呼嘯的大風搖撼著樹木，我就會記起母親對著風雨緊鎖的眉峰，也想起半生中風風雨雨的憂患歲月，更懷念大陸江南風雨中的明山秀水。我不禁低聲念出辛稼軒的詞：「可惜流年，憂愁風雨，樹猶如此，倩何人喚取紅巾翠袖，搵英雄淚。」辛稼軒是宋南渡後的愛國詞人，他的「可惜流年，憂愁風雨」，又豈是等閒的個人哀樂呢？

慈悲為懷

　　我每次進菜場，一見賣活魚、田雞、鱔魚的攤子，就閉上眼睛，匆匆而過，心中默念著阿彌陀佛、觀世音菩薩。我實在不忍心看田雞雪白如初生嬰兒的身體，抽動著四肢，躺在血泊中。鱔魚被撕裂成血淋淋的一條條，扭纏在一起。鱸魚身首異處，而嘴巴與鰓仍在一開一合。這慘景令我痛心，痛心於人類為了滿足口腹之欲，不惜以種種殘酷的手段，殺害生靈。我不會忘記仁慈的母親，在我幼年時候對我的諄諄訓誨。她講過許多感人的佛教故事給我聽，我不認為那些因果報應是迷信，而是宇宙間天理循環自然的現象。她對我說：「牛羊在被宰前會把雙腿跪下，淌下眼淚，哀求你不要殺牠。田雞在被捉到手裡時會用雙手捧住頭，以為可以躲過那殘忍的一刀。動物都有知覺，纖細像微塵似的生命都有知覺，有痛苦，有憎恨。所以你一定要愛護一切有生命的東西，要時時刻刻存一顆慈悲的心。這是做人的基本道德之一，不一定是為了趨福避禍。而福是自然而然會降臨的。」

　　我牢牢記住母親的話，我也以此教導我的孩子。我不許他捉了蟬套在竹枝上轉，不許他拉斷蜻蜓的翅膀，不許他踩踏悠遊的螞蟻。對他說：「他們都有爸爸媽媽的，他們出來玩，爸爸媽媽會等他們的，所以你不能傷害他們，你傷害了他們，爸爸媽媽等不到他們，將會多麼傷心呢？」他很聽話，所以他從不虐待小昆蟲，至於對小狗小貓，那是更好了，他常抱著牠們呢喃地說話。看著他那副和藹親切的神情，真是可愛。現在他已經八歲了，他的天性非常厚道。我家從別處跑來的野貓，他都給牠們餵飯，從不欺侮牠們。我深深感到培養孩子仁慈的天性，是做母親的最重要責任。因為世界上只有一個真理就是愛，唯有愛可以對抗殘暴，消滅仇恨。也唯有愛可使人生獲得至上的幸福與快樂。記得幼年時，母親給我講了一個小故事，內容說一對姊弟在山上玩，遇到了強盜，他們急急忙忙地逃命，看見一個小山洞，弟弟要鑽進洞裡躲藏，可是洞口結著一個完整的蜘蛛網，姊姊說：「弟弟，小心地從蛛網下面爬，不要弄破蛛網，因為蛛網是蜘蛛的家，蜘蛛很辛苦才把它結起來的，你把它毀了，牠又得重結了。」弟弟聽姊姊的話，兩人小心爬進山洞，沒有弄破蛛網。強盜追來了，看看山洞口，心想孩子一定不會在洞裡，因為洞口的蛛網都沒有破，他們怎麼會爬進去呢。所以他沒有搜索山洞就走

了。姊弟倆人因為一念的仁慈，得免於難。這是個極好的故事，教育兒童仁慈體恤，也教育他們臨危急而能鎮靜應付。尤其可貴的是這個故事告訴我們「善報」是天理自然的循環，不是迷信。要人在日常生活中時時體驗，事事宅心仁厚，而不是只做做祈禱或念念經就可以獲得善報的。我非常喜歡這個故事，也時常把它講給許多孩子們聽。我講這故事的時候，心中懷念逝世二十年的慈母，在悲愴中更體會到永無休止的慈母之愛。

我至今印象最深刻的是每年父親的生日，全家都要去彌陀寺做水陸道場。在寺裡住上一個星期，那是我最快樂的日子。彌陀寺位於杭州寶叔塔後面，步行約三五里可以到達。父母親坐轎子去，我坐羊角車。因為我愛那搖搖擺擺的獨輪車與輪子咿咿啞啞的聲音。寺前有一個很大的放生池。我最喜歡的一個節目就是放生。法師念完經，就把魚放入池中，我站在旁邊，看魚兒搖著尾巴，悠遊在清澈的大池中。有的浮上水面，像是在傾聽誦經與木魚清磬的聲音。還有甲魚、鱔魚、螺螄、毛蛤等，則送到西湖去放生。有人說放入西湖的，一轉身又會給漁人重新網去圖利。所以不如放入寺前放生池中。我最記得父親讓我拉起鴿子籠的門，放出一大群白鴿。牠們飛起來，在屋頂上、樹枝上，停留片刻，似乎不相信牠們已經獲得自由，也好像不

捨得離開這位仁慈的主人似的。一會兒，牠們再拍拍翅膀，飛向空中，飛得高高地遠遠地。我抬頭望著晴空中點點雪白的光影，回頭看看父母親的臉容，他們笑了，他們的眼神中閃著燦爛的光彩──一種愛的光彩。我那時雖不滿十歲，卻已懂得愛與和平會使這世界變得多麼美好。

彌陀寺的方丈是一位高僧，父親稱他為聖者。每見到他都頂禮膜拜。他雙手合十，然後扶起父親，我站在邊上，他用手摸摸我的頭說：「小妹妹，每天清早跟媽媽念阿彌陀佛，保佑你聰明。」我看父親這麼尊敬他，也就合起小手掌來朝他拜上三拜，心裡覺得被他摸了下頭頂，就會變聰明似的。這雖是童稚的想法，但至今回憶起來，老僧慈愛的音容，實加強了我對佛教堅定的信仰。

我常常感慨於人類的愚昧與殘忍。有時為了口福，不惜以最殘酷的手段，殺害生命。廣東人吃猴腦鴨掌，江浙人吃活熗蝦與泥鰍鑽豆腐，都是活生生把牠們凌遲處死的。我聽過一個捕貂的故事，也使我久久不能釋然於懷。貂是一種最仁慈的動物，而捕貂者就利用牠們的仁慈心來捕捉牠們。在北方奇寒的森林中，捕貂者脫去上身，赤膊臥在厚厚的雪地裡，故意把自己凍得半死。這個垂死的捕貂人被仁慈的貂發現了，牠帶領了一大群的家族把這個人渾身包圍起來，使他暖和。而牠們的家長，卻一定偎在他的胸

口。捕貂人就在這個時候，偷偷伸手一把攫住牠，全體的貂雖然驚惶失措，卻絕不奔跑逃命。因為牠們是一家人，牠們愛牠們的家長，牠們懂得生死相依患難與共的大義，因此所有的貂都一個個俯首就擒了。這是一個非常悲慘而且使我們人類感到慚愧的故事。人類用如此詭譎殘忍的手段，去捕捉動物，謀取金錢，這是多麼可恥與可悲。至於製造仇恨與戰爭，那更是愚昧得可憐。我童年書房裡掛的一幅名人水墨畫，畫的是一個直直的花瓶插著花，旁邊有一把鋤頭，上面題著「收盡干戈鑄犁鋤，移將炮彈作花瓶」。這固然是畫家與詩人的夢想，也足見得人類本性對和平的祈求。我出生長大於戰亂之中，眼看今日戰爭的方法已經進入核子武器時代，而人類對於謀求和平的努力，仍不見有何效果，焉得不令人浩嘆。我想人類的智慧如不用在發明戰爭利器，而用在互助互愛的發揮上，世界豈不已趨於更理想的境地呢！

　　詩人說：「自織藕絲衫子薄，為憐辛苦赦春蠶。」又說「為鼠常留飯，憐蛾不點燈。」這是佛教信徒慈悲心的最高度發揮，雖然是太理想而且近乎不可能，但我們總要朝這方向努力才是啊！

佛　緣

　　我似乎自幼就和佛有著一份宿緣。因而我非常嚮往於莊嚴肅穆的佛寺。我更喜歡大殿中搖曳的琉璃燈光，和一縷恬靜安詳的檀香氣息。幾十年來，每逢心煩意亂之時，我就想像自己進了隔絕塵寰的寺院，在心中虔呼佛號。我有如攀住了仁慈有力的手臂，徬徨無主的心立刻就有了依傍。而一張慈祥愉悅的臉容，亦若隱若顯地出現在我眼前。沒有筆墨可以形容這一張靈光閃耀的臉相，那也許是佛；也許是幾位愛的親人臉容的總和。總之望著他就有勇氣面對憂患。我的心於悽愴中感到溫暖，眼因淚水的洗滌而越益清明了。

　　我是從濃厚的佛教氣氛中長大的，我的雙親，我的老師，都是虔誠的佛教信徒。七歲時，跟老師念書。每天清晨必定要跪在佛堂前上香，念完一卷《心經》、《白衣咒》，然後跟老師敲著小木魚，念阿彌陀佛十圈，才開卷溫課，最記得老師說的：「你下顎尖尖的，恐非載福之相，所以你一定要修行積福，祈求長生。」童稚之心對於長生短命原

沒什麼概念，但對於老師慈悲戒殺的告誡，卻記得盡量的遵守。因為他給我講了許多故事，說一切眾生，都是有靈性知覺的，因而我對於小動物乃至於昆蟲，都不忍加害於牠們。我常常把哥哥費了九牛二虎之力捉來的蜻蜓知了等，偷偷地放了生。我反對父親用活生生的蚯蚓作釣餌；我更不忍心聽殺豬割雞鴨的悲鳴聲。我時常迷茫地問母親，為什麼要殺這許多活東西呢？母親的回答是無可奈何的嘆息，她說：「沒有魚肉，你不是吃不下飯嗎？」當時我曾對自己下決心說：「我要吃素，但是我現在還小呢，等長大了再吃素吧！」可是長大以後，除了特別的紀念日，我沒有吃過素。我才知道克制口腹之欲不是一件容易的事，戒殺更難。

　　十二歲以後在杭州，時常跟母親去靈隱天竺燒香。尤其是有什麼高僧講經時，更非去不可。我當然不懂得聽經，而是去接收大量的結緣糖菓糕餅，滿載而歸的。母親在佛堂前端來一杯淨水，命我喝下去，說是保佑我長命百歲，念書聰明。我亦沾沾自喜是喝過淨水的孩子，長大後定當出人頭地。誰知我資質魯鈍如故，半生落落無成。而想起慈母手中的淨水，心頭卻永遠漾著一份清涼之感。對於人世的榮枯得失，也就不至過份抑鬱於懷了。

　　我家每隔幾年，都要去大寺院裡做水陸道場，那是我最輕鬆快樂的好時光。因為我們全家都要在廟裡住上整個

月。吃膩了葷腥，廟裡的素菜就覺得格外可口，供佛剩下的水菓點心又可以盡情享受。父母親披上僧衣，在佛前頂禮膜拜以後，臉容也顯得格外的慈祥可親了。所以我真希望能在廟裡多住些時日。

有一次，我生病，因正值暑假，就要母親陪我住在彌陀寺休養。我帶了好些喜愛的書籍去閱讀。母親每天仍不忘把供佛的淨水留給我喝，我真好像智慧頓開，文思泉湧的樣子。我感激慈母的一片愛心，而那清幽絕俗的環境，木魚梵唄之音，和淡淡的檀香氣息，卻在我心中留下了深刻的印象。二十餘年來勞人草草，想找這麼一個好處所，憩息一下疲乏的身心而不可得，總覺得是一個遺憾。

爛腳糖

　　「桂花糕、豆沙糕、茯苓糕、爛腳糖啊。」每天一大
清早，我聽到這一聲叫賣，就會從床上跳起來，連聲喊：
「媽媽，我要吃爛腳糖，我要吃爛腳糖。」

　　多難聽的名字，可是它卻是又軟又甜又香，一種最好
吃的糕。樣子四四方方的，雪白柔軟的糯米粉，當中鑲著
圓圓一片豬油豆沙和著桂花，看去就像一片膏藥。鄉下人
的腳被跳蚤咬了就常常爛，爛了就東一片西一片貼膏藥，
因此賣糕的在文雅的茯苓糕後面，拖著長音，喊出一聲「爛
腳糖」。孩子們聽到了就一窩蜂趕去買。

　　母親說我是吃爛腳糖長大的，每天早上吃兩塊，下午
吃兩塊，吃得滿嘴滿鼻子的豆沙，然後用舌頭一舐，桂花
香一直留在牙齒縫裡。

　　現在正是「桂子飄香」的季節，臺灣很少桂花，聞不
到桂花香，就使我格外懷念故鄉的桂花爛腳糖。

　　我故鄉庭院裡有好幾株金桂，八月裡開得滿樹的金黃
色。母親每天早上要折一枝供在佛堂裡，我有時就折一把

跑到對岸的耶穌教堂裡，送給那位教我唱讚美詩的張伯伯說：「張伯伯，給你供上帝。」他笑嘻嘻地接過去，高高地插在講臺桌上的花瓶裡。摸摸我的頭說：「謝謝你，小春，你想吃什麼？」我馬上說：「我要吃爛腳糖。」張伯伯在口袋裡掏出三個銅子說：「去買三塊，張伯伯一塊，你兩塊，吃飽了，張伯伯彈風琴給你聽。」

吃爛腳糖的時候，我總是先把當中黑膏藥似的糖醬舐光，再吃邊皮。我一邊舐糖醬，一邊聽張伯伯彈風琴唱歌：「昔在今在，以後永在，耶穌不離開。父母兄弟，親戚朋友，有時要離開，耶穌不離開。天地萬物，都要改變，耶穌不改變。……」張伯伯重重複複地唱了好幾遍，調子很低沉，看他神情好像很傷心的樣子。歌詞說些什麼，我卻是半懂不懂，我問他：「張伯伯，你的爸爸媽媽呢？」

「早已去世了。你知道嗎？人遲早總有一天要離開這個世界的，所以我們一定要追求永生，將來到天堂去。」

「我媽媽也有一個天堂，是極樂世界，那個天堂跟耶穌的天堂一定是隔壁鄰居吧。」我說。

張伯伯沒有回答，只是摸著鬍子笑，他又牽著我的手，到教堂後面矮牆邊，指著一株桂花樹說：「這是一棵月月桂，一年十二個月，月月都開花，月月都香噴噴的，比金桂還好。你折一枝帶給媽媽。」

「給媽媽供菩薩嗎?」我問。

「隨便她。」他說:「禮拜天,你能請媽媽陪你來做禮拜嗎?」

「我媽媽是佛教徒,不做禮拜。」我搖搖頭說。

「你呢?」

「我還沒一定,等長大了再說。」

我長大以後,就去杭州讀書了。有一年暑假回到故鄉,到教堂裡看張伯伯,他比以前老得很多了。他拍拍我的肩問我:「要不要吃爛腳糖?」我不好意思地扭過臉去。他顫巍巍地在風琴前面坐下來,彈起讚美詩,我也和著唱起來。因為我念的是教會中學,會唱好多讚美詩了。他問我:「信主了沒有?」我仍搖搖頭。

「還沒有一定嗎?」他慈愛的眼神一直望著我,一副渴切的神情,我不好意思地低下了頭。

我們唱完讚美詩,一同走到後院。矮牆邊的月月桂開得和以前一樣的芬芳,我伸手折下一枝,湊在鼻子尖聞著,半晌沒有說話。張伯伯感慨地說:「花一年年的開,小孩子一年年的長大,大人卻一年年的老了。」

我想起他唱的那首「昔在今在」的詩,問他說:「您不是說耶穌永不改變嗎?」

「是的,耶穌永不改變。小春,希望你有一天能懂得

永生的道理，接受主的恩典。」

　　我仍舊低頭不語。回家以後，我把張伯伯的話告訴母親。母親說：「張伯伯是位仁慈的牧師，我雖是佛教徒，也非常敬重他。」

　　「媽，您說我究竟是信佛呢？還是信基督呢？」

　　「這個媽媽沒法替你決定，要看你自己的領悟了。」

　　第二天一大早，張伯伯送來一大盤桂花爛腳糖。他說：「小春，送你最愛吃的東西，表示我對你的歡迎。」

　　我感激地接過來，母親卻馬上把爛腳糖捧到佛堂上去供奉，回頭對張伯伯笑笑。張伯伯也報以諒解的一瞥。看他們兩位老人，各有不同的信仰，臉上卻有著同樣仁慈的光輝。

　　我大學畢業以後，回到故鄉，母親剛去世數月，張伯伯的墓園已經綠草如茵了。教堂矮牆邊的月月桂雖然在春寒料峭中仍舊送來撲鼻的芳香，情景依稀，而人事的變遷，卻使我悲從中來。

　　我折了兩枝桂花，一枝插在母親佛堂裡，一枝拿進教堂，插在講臺上的花瓶中。一如童年時，我對佛堂與教堂有著同樣的嚮往。如果張伯伯還在世，他若再問我：「小春，你信基督教了嗎？」我仍將回答他：「還不一定。」

　　我心裡總在想母親和張伯伯在天堂裡是不是做了鄰

居呢？

　　「桂花糕、豆沙糕、茯苓糕、爛腳糖啊。」親切的叫賣聲又起，我看看鬢髮花白的賣糕人，取出五毛錢說：「買兩塊爛腳糖。」他用粽葉包了兩塊香香軟軟的爛腳糖遞給我，又找我三毛錢。我搖搖頭說：「別找，你留著吧。」我捧著爛腳糖，踽踽地走回家去。不知什麼時候，兩頰卻已被淚水潤濕了。

神奇的景象

　　我永遠難忘那一幕神奇的景象。二十餘年來，那景象就像是一道靈光照耀著我，使我在危厄中能夠意定神閒，更不至顛仆不起。我想那是至高無上的宗教的境界，神明的啟迪。我有一顆對宗教虔誠的嚮往之心，人世的虛幻無常，亦不應使我感到悲哀的了。

　　那是民國三十三年抗戰末期，我避難山中。一個深夜，村子裡忽然傳來消息，說日軍佔領了城區，要來搜山了。我與家人倉皇中披上衣服，在隱約的月光中，從後門爬上山崗。那是早春天氣，深夜三、四點鐘，山中霧氛濃重，慌張中不知向那個方向逃避才安全。好容易拉著草根樹枝，一步一步地攀緣，躲向一個較隱蔽的處所。可是心頭狂跳，四肢酸軟，又深恐一不小心，就失足跌入深谷。在潮濕的霧氣裡，我好像已整個身體沉落在深淵中。家人們又都各自摸索著躲藏，呼喚雖有回音，但誰也望不見誰。寒冷的山風吹得我渾身顫抖，草木的簌簌聲就好像敵人已緊緊追在後面，不知道什麼時候，白刃就會架在我肩膀上了。我

真是萬分的絕望與悲哀，感到平日即使是那麼相互關切的
家人，一到大難將臨，也都只顧自己逃命，沒有誰會給你
一隻援手了。我蜷伏著，聽著自己迫促的呼吸與心跳。在
那一剎那時間，生與死的界線是如此的分明，生命又是多
麼的可貴，能活下去該是多麼的好。平日裡，一切的得失
榮枯，此時全都不重要了，心中只有一個意念，就是要活
下去，只要活著就好了。能活著，一切都可從頭來過。可
是在那種情形下，生存的希望似乎非常渺茫。一跨越這條
界線，就是死亡——永遠的漆黑一片。正在此絕望之時，
忽然感到有一道金紅色的光從我背後照來，我不由一轉身，
卻看見一輪滾圓的月亮，正好像要從山坡上滾落下來，滾
到我面前。我立刻伸出雙手，想要捧住它，把它托在手心
裡。它真好像在我手心裡，卻又是若遠若近、若高若低地
在我眼前晃動、游移。金紅的光，從濃濃的霧中透出來，
太美了，美得讓你忘卻恐懼，忘卻悲哀，忘卻日本兵就追
在後面。我怔住了，宇宙間怎麼會有這麼美的景象，在這
道光芒的臨照裡，世間不應再有罪惡與醜陋，任何一切都
是美好的，溫柔的。我像一個朝聖的信徒，望見了神靈之
光。我丟棄一身的疲乏與憂愁，也忘卻了敵人的追蹤。滿
心只有歡欣，只有讚美，讚美造物的神奇偉大。這時，那
一道生與死的界限也消失了——有什麼生與死的分別呢，

宇宙之間，人與山川草木，蟲魚鳥獸的生命是渾然一體的。我已沒有個人的存在，又有什麼可以恐懼或悲傷的呢？這正是柳宗元登西山之巔，俯瞰深谷，頓時有一種心凝形釋，渾然與萬化冥合的感受。我嘴裡喃喃地不知在說些什麼，不是祈禱，只是在念著：「我好快樂啊，因為我已經懂得什麼是真正的美了。」

天漸漸亮起來，霧氛退去，月亮由金紅漸轉為銀白色。天高了，山坡也廣闊了，山上的樹木花草在清晨的春風中搖曳著，鳥雀在枝頭鳴叫。黑夜已過去，一切的恐怖都消失了，依舊是這個充滿生機的世界。我們從隱身之處慢慢地爬上山坡，抖落一身的水珠，走回家去。可是經過這一夜，我好像經過了一百年，一千年。那一刹那間壯麗的情景，一直印在我心中，啟示了我一層難以言喻的奧祕。我領會得太多，反而有點癡癡呆呆的了。

家人問我：「怎麼了？這一夜的驚險把你駭傻了。」

我向她們笑笑，卻無以作答。因為任何字眼也說不出我心頭那一份美的感受。

我只有感謝，只有快慰。因為從那以後，我的心靈深處似乎另有天地。我應該怎麼說呢？我無話可說，我想最高的境界是宗教與藝術相會合的，我懂得陶淵明為什麼「欲辨已忘言」了。

清明前一日訪問南港胡先生故居

　　清明前一日，成舍我校長偕他令嬡約海音與我去南港訪胡先生故居。我很高興因此得一償宿願。在胡先生生前，我始終沒有機緣去拜晤他，向他請益。胡先生逝世忽忽已三週年，又值清明佳節，能追隨長者去憑弔一代學人的墓地與故居，實在是一件非常有意義的事。

　　我們先到墓前下車，舉首便看見胡先生的半身銅像。沒有戴眼鏡，與他平時的照片不太像。但方方的額角卻充滿著智慧與深思，嘴唇緊抿。我想像他在逝世前一刻的院士會議席上，情緒激昂地演講的神情。如今綠草如茵，伴著他沉默地安眠地下，任憑世上有多少風雲變故，是非爭論，他卻永作金人緘口；再也不開腔了。

　　我們在墓牌前拍了幾張照。又在左首亭中憑高望遠一番。覺此處遠隔塵囂，原是胡先生怡養天年的好處所。我想如果胡先生的心臟病不這麼嚴重，或是雖嚴重而能節省精力，少說話，少激動，到今天胡先生也許仍舊是青鞋布襪，徜徉於青山碧水之間。南港的居民，仍可以迎著他慈

祥愷悌的笑容，與他閒話家常吧。我忽然想起秦少游的兩句詞，「斜陽外寒鴉數點，流水繞孤村。」與此處景色似頗切合。聽說胡先生最喜歡柳三變的：「衣帶漸寬終不悔，為伊消得人憔悴。」之句，如今聽我吟流水寒鴉之句，胡先生是不是「於吾心有戚戚焉」而頷首微笑呢？

起居室進門處，掛著他的拐杖，使我想見他策杖閒吟的神采。室中的一切，都照著他逝世前的位置安放，一絲未予移動。會客室中幾張藤椅，簡樸而舒適。多少學人、政要，多少慕他或是為某一問題來與他辯論的青年人，都曾在這兒坐過。這從那幾本厚厚的簽名冊上可以看得出來。海音對簽名冊最有興趣，翻來覆去地看了好幾遍。因為她交遊至廣，冊上的知名人士，她大部份都認識。其中有一位人士，胡先生在下面寫了「妄人一個」四字，大概是當時談得不太痛快才寫的，聽說胡先生最有耐心聽年輕人說話。這位先生會使得他寫下這四個字，可見他在與賓客談話上耗費的時間精神之多。

他書房書櫥中，只是一部份他當時手頭應用查考的書籍，也有時人的小說、詩、文集等。聽說有的小說曾看過三遍，可見他對寫作界的注意。桌上的時鐘停在六時十五分，我對它凝視了良久，這永遠停止的時刻，是為紀念一代學人之逝世。而在這間闃無人聲的靜室中，時間似乎真

正停止了。蘇東坡說「自其變者而觀之，則天地曾不能以一瞬，自其不變者而觀之，則物與我皆無盡也。」那麼這靜止的六時十五分，豈不也就是永恆呢？

　　起居室右首是他的資料室，陳列著他的文稿手蹟。可惜時間匆促，不及一一細看。其中有一封是他幼年時寫給一位長輩報告他的眼疾與家事的信，一筆童體的字，非常有趣。四壁排著他的許多照片，其中有一幀邊上題著「兩鬢偶然出現了白髮，心情不免有點吃驚，既然做了過河的卒子，不得不向前邁進」（大意如此）。有一幀題著「沒有戴眼鏡，在像上似乎找到了我母親的影子」，我們在一張較大的照片下攝影留念。因已過午時，只得匆匆離去。登車後海音說：「下次再來的話，我還要看簽名冊；聽說還有好多本呢！」我說：「那我們就補簽在後，作為在胡先生生前也曾來拜訪過吧。」

楠　兒

　　我的兒子今年八歲，他出奇的頑皮，又傻得叫人生氣。我懷疑他的智商特別低，朋友們卻說是他的智慧開得比較遲，男孩子大器晚成的好。他生日那一天，我和他爸爸相約，無論他怎麼淘氣，都忍住不打他。於是他就海闊天空地搗起蛋來，把菜刀拿去砍木頭，刀鋒砍成鋸齒狀。然後爬上屋頂去捉小貓，幾乎滾下來跌斷了腿。我低聲低氣地開導他說：「小楠，危險的東西不要玩，危險的高處不可爬。」他對我一個敬禮：「yes，遵命。」又一溜煙的飛奔而去，去捻開收音機，啞嗓子跟著大唱「男女分明何須猜，英台怎會是裙釵。……」叫他溫功課，他說要看故事書。拿出故事書，又說要作文。作文就作文吧，題目是我的家，他寫得洋洋大觀：「我家裡有爸爸媽媽和一隻冰箱，是新買的，還有美化環境。一隻別人家跑來的母貓。我和媽媽天天餵她，爸爸說髒死了。他教我做功課，叫我天天考第一名。媽媽說不要考第一名，考在當中比較好。爸爸媽媽很辛苦，賺錢給我讀書吃飯、看電影。」

　　我拜讀他的大文忍不住大笑，他爸爸生氣地說：「亂七八糟，東一句，西一句。『還有美化環境』，怎麼講法？」小楠得意地說：「美化環境就是環境美化，老師說的，家裡要有環境美化。」我勸他爸爸說，「他才八歲，到十八歲時一定寫得比現在好了。」小楠噘起嘴無精打采地說：「我十八歲的時候不要寫作文。」我問他：「你要幹什麼呢？」他說：「去美國留學，回來當電氣匠，自己修理冰箱。」在他心目中，冰箱是我家最重要的一項東西，與他的關係最密切，因為裡面有冰棒與酸梅湯等等。

　　作文交卷以後，他得意非凡，就跑到大門外去玩，馬路上車子太多，叫他進來他不理。在平時早打扁了，看在他生日的份上，居然沒有大聲責罵他。他越發的得意忘了形。下午我們帶他看電影，在進場以前，我問他：「小楠，你知道今天爸爸媽媽為什麼帶你看電影嗎？」

　　「我不知道，」他楞頭楞腦地望著我。

　　「因為今天是你的生日。」

　　「今天呀，那麼明年呢？」

　　「明年也是今天，年年都一樣的。」

　　「為什麼呢？是你定的今天呀！」

　　「你是那天生，那一天就是你的生日，怎麼會是我定的呢？」

　　他點點頭，十分了解地說：「昨天母貓生了一隻小貓，昨天就是小貓的生日。小貓是母貓的獨生子，我是媽媽的獨生子，趙媽媽說的。」他又問我：「媽媽，你假使再生一個弟弟，我還是不是你的獨生子呢？」

　　「你放心好了，你永遠是媽媽的獨生子。」

　　他對於自己是獨生子好像非常得意，寫信告訴我的表弟說：「舅舅，你說你只有一個人到臺灣來，你也是獨生子，獨生子特別勇敢聰明，媽媽說的，母貓只生一隻小貓最好，一龍二虎一定會抓老鼠的。」

　　你說他笨吧，他又頗能引用一知半解的新名詞，引用得恰到好處，例如有一天，他和鄰家小孩子闖了個不大不小的禍，我問他是你做的嗎？他說：「不是，是他先開始的，我是從犯。」他居然懂得「從犯」這個法律名詞，也可見今日小學教育之成功。因為這是他在學校裡造詞時黑板上抄來的。

　　他才念二年級，比起我的朋友們的子女，考大學的，出洋的，真是望塵莫及。我不免羨慕地對一位朋友說：「你多輕鬆呀，最小的也念初中了。我的孩子念大學時，我都不知老成什麼樣了。」

　　「那是因為你結婚晚的關係。」她說。

　　「媽媽，你為什麼不在結婚前生我呢！到你結婚的時

候，我不已經很大了嗎？」

叫我怎麼回答他呢？

他每次闖了禍挨打，總是伸出雙手，閉上眼睛，做出一副從容就義的樣子，等待刑具落在他手心裡。有一次，我拿起蒼蠅拍打他，他的手只是往後縮，哭喪著臉說：「蒼蠅拍上有細菌，會傳染病的。爸爸說，蒼蠅拍不可以碰到手的。」

他在挨打的時候，還念念不忘衛生問題，我也只好慚愧地丟下蒼蠅拍不打了。

今年暑假，我給他轉了學校，第一天送他上學，因為是新生，在課堂裡規規矩矩坐著，一言不發。其他的小朋友都吱吱喳喳在說話。老師進來了，他們照樣說話，沒有馬上站起來鞠躬。老師火了，命令全體罰站兩分鐘。小楠當然也不例外，他萬分委屈的樣子，朝著站在窗外的我直瞪眼睛。放學回家，他告訴我說：「媽媽，你走以後不多久，我因為頭轉到後面，又罰了一次站。今天一共罰站兩次。第一次是公共的，第二次才是我自己的。」他還頗為得意的樣子，一點不怕難為情。我倒覺得老師是嚴一點的好，但對於小楠來說，罰站也像無動於衷的了，這是不是怪我們平時對他管教太嚴之故呢？朋友們都勸我們對孩子不可過嚴，體罰如成了家常便飯，榮譽心就失去了。尤其

是英子，她總說小楠傻得可愛，勸我們別打他。她來我家總是幫他說話，他就瞇起眼睛露著缺牙只是笑。他說他最喜歡林阿姨，每回他爸爸帶他去植物園玩，他就說：「去植物園看猴猴和林阿姨。」因為植物園隔壁是國語實小，校園裡養著一隻猴子，他就喜歡看猴子，而英子的家又離那兒很近。所以他就把林阿姨和猴猴連在一起了。

　　我接受英子的勸告，盡量對他多鼓勵，少責罰。自從進了新學校，他似乎頗有新氣象了。一星期以來已一連拿了五個一百分。他爸爸為了獎勵他，給他買了一雙新皮鞋，但條件是要等拿到十個一百分才許穿。昨天他放學回來，顯得垂頭喪氣。我問他為什麼，他先問我：「十個一百分不連在一起得，新皮鞋行不行穿？」我說只要九十分以上就可以了。他說：「爸爸說一定要連在一起得，一次得不到又要重新算起的。」我看他怪可憐的，要照他爸爸的條件，舊皮鞋通了底，新的恐怕還沒資格穿呢，今天我就先讓他穿上了。他蹦蹦跳跳地去上學，回來時告訴我說：「媽媽，告訴你一個好消息，我今天算術又得一百分，現在我只欠爸爸四個一百分了。」言下頗有把握還清他爸爸這筆債的樣子。

聖誕老公公

　　從十二月一日起，小楠就在扳著小手指頭算還有幾天過聖誕節，慈愛的聖誕老公公要給他送禮物了。我對他說：「你想收到禮物，想想看許多沒有爸爸媽媽的小朋友，一定也很想禮物，而且需要幫助，你是不是想幫助他們呢？」

　　他就捧出他的撲滿說：「媽媽，我要把全部的錢買東西送他們。」

　　他的慷慨使我很感動。打開撲滿是五十三塊錢，這是他平時在學校得了好成績和幫我做事的獎金，他毫不吝惜的要把它捐贈了。我用他的錢，陪他買了糖菓和日用品，再檢出幾件衣服，帶他去送給一個沒有雙親的貧苦女孩子，讓他親身感受到助人的快樂。然後我對他說：「小楠，每過一年的聖誕節，你就長大了一歲，聖誕老公公來，要看你比以前更乖、更進步，他才給你禮物呢。」他沉思了半天，喃喃的說：「我跟同學打過好幾次架，被老師罰過好幾次站，寫字一直沒得過甲，老公公會不會送我禮物呢？」

　　我笑著安慰他說：「會的，只要你以後努力學好，老公

公會原諒你的，老公公最仁慈了。」我又問他：「你心裡想要些什麼呢？」

他沉吟著，半晌說：「去年我想要一本集郵簿，一本小記事冊，還有跟爸爸一樣的紅藍原子筆，老公公都沒有給我，只給我一包糖，和十顆玻璃球。」

我聽了心裡很抱歉。因為那時我太忙，沒時間給他買，只在門口小店裡買了這兩樣東西塞責。今年我決不使他失望了。可是到了聖誕前夕，不巧他爸爸重感冒不舒服，我又趕年終工作，忙得昏頭轉向。到了夜裡十一時，才想起小楠的聖誕禮物還沒買。而小楠已很早上床，他拿了我的一隻長統絲襪，放在枕頭邊，一隻手伸在被外捏著襪子的一頭，笑咪咪的入了夢鄉，等待他心愛的禮物。因為他說，淘氣的阿丹也是拿媽媽的襪子等禮物，可以請老公公給他多裝點。

望著他這副憨態，我怎麼忍心使他再失望呢？他爸爸也顧不得風寒沒好，穿上大衣，陪我上街買禮物。文具店已推上半邊大門，我們側身進去，為他買了集郵簿、紅藍原子筆、小記事本，和一小盒葡萄乾。都是他想了一整年的。我們用長統絲襪紮了，輕輕放在他枕邊。

第二天一早，就聽他在嗦嗦嗦嗦打開紙包，他興奮的喊起來：「媽媽，聖誕老公公真的給我送來我想的東西了。

好好啊,爸、媽,快來看嘛!」

這時我們心中的快樂正不亞於他呢。我們假裝和他一同欣賞,一同讚美。他的嘴笑的跟哈啦菩薩似的,再也合不攏了。他問我:「我以後長大了,老公公還給不給我送禮物呢?」我說:「只要你做個好孩子,他會一直給你送來的。」可是我心裡在想,等他一天天長大了,知道聖誕老人的禮物,是爸媽口袋裡的錢買的話,他是不是感到一樣的快樂,還是更感動、更快樂呢?

我們不是基督教家庭,但對於孩子每年的聖誕禮物,我們從不忘記。因為我深深感到賜與受將培養孩子一顆仁慈慷慨的心。記得我幼年時在鄉下,從不知有聖誕節。但母親在每年的嚴寒歲尾,一定要做許多年糕、粽子,再檢出許多舊衣服,叫長工帶著我送給附近貧苦的家庭。母親的仁慈使我永銘心坎。中年以後,對於逢年過節,不但興趣淡薄,而且心情不免黯然。而今年小楠對聖誕節的熱烈盼望,又鼓舞起我的興致,看著他萬分愛惜的撫弄著他心愛的聖誕節禮,我回頭問他爸爸說:「你這會兒傷風好些沒有?」他笑著點點頭說:「完全好了,因為昨夜聖誕老公公來給小楠送禮物時,就把我的傷風帶走了。」

萬事如意

　　我五歲開始，就坐在母親膝頭上認「人、手、足、刀、尺」。每年農曆正月初二，一大清早，母親就捏著我的小拳頭握住毛筆，在紅紙條上寫「新春開筆，萬事如意」八個大字。我完全不懂這幾個字是什麼意思，只覺得母親的手好軟和、好溫暖，寫字好好玩兒。稍為長大以後，我就要自己捏筆來描，自作主張地把這八個字描得大大小小，歪歪斜斜。描了一張又一張，描完了滿處地貼，顯得屋裡一片喜氣洋洋，母親看了很高興。外公卻含著旱煙管問我：「小春，你寫了這麼多，懂不懂這裡面的意思呢？」我說：「懂，就是樣樣都好，很有福氣的意思。」

　　外公說：「是的，樣樣都好，很有福氣。可是你要知道這福氣不是從天上掉下來的，樣樣都要憑自己努力，才能得到。『新春開筆』不只是指寫字，萬樣事情一開始都得好好做，才能萬事如意，帶來幸福與快樂。所以說，『一年之計在於春，一生之計在於勤』。媽媽每年要你一開始就得做一個好孩子，別讓媽媽操心，你懂得嗎？」

　　我當時雖然眼觀鼻、鼻觀心地聽取了外公的訓誨，卻一年到頭不知讓母親為我操了多少心。而孩子受大人的管束，卻滿心感到「萬事不如意」。年事漸長，塾師對我的管教越嚴，每天練大小楷手背都被打腫了。有一年的年初一，我瞅著老師不在，偷偷寫了十二個大字，「新春被迫開筆，萬事有何如意」。放在抽屜裡，被老師看見了，罰我在佛堂前足足跪了一炷香時光。我心裡哭著，怨著，罵著，恨死了寫字。到現在，我的字寫得如此的「自成一體」，朋友們美其名曰「十九帖」，大概就種因於童年時強迫多於鼓勵所致吧？可是每想起母親為我啟蒙時那一隻柔軟溫暖的手，我又深深感到慈親對兒女屬望之殷，勗勉之切，都寄託在這八個字裡面了。

　　今年我裁了三張紅紙條，請丈夫寫一張，我自己寫一張，孩子寫一張。終年不握毛筆的丈夫，字如其人，一筆不苟。他很得意他的字，雖然是幼年失「學」，卻是方方正正的最適合於寫橫額或春聯。我呢，字是比以前更退步了，而墨蹟落在紅紙上，頓時憶起童年時在老家所度過的每一個歡樂的新年，與隨著一度度的新年，母親兩鬢所增添的白髮。數十年的悠悠歲月飛逝了，如今攬鏡自照，青鬢已掩蓋不了白髮。而我那一心想當「蛙人」的兒子才九歲，他邊描字邊問我：「媽媽，什麼叫做萬事如意？」

　　我也以當年外祖父教誨我的口氣對他說：「就是樣樣事情由於自己的努力，都有很好的成績。比如⋯⋯」我還沒比如下去，他就搶著說：「我知道了，就是考試都拿一百分，然後每個星期天都有電影看，永遠不打屁股。」他說得很對，我只好點點頭。望著他呆愣愣的樣子，想起當年我自己寫這「新春開筆」的紅紙條時，在母親心目中，我的神情正和他一樣的傻。母親為她的傻女兒祝福萬事如意，我如今也同樣祝福我的傻兒子。再說以我望五之年，能有一個不滿十歲，而懷著壯志雄心的兒子，也不能不算得是「萬事如意」了。

媽媽哭了

　　昨晚我臨睡時，走到你床邊看你，你好像已經睡熟了。但眼角的淚痕還沒有完全乾。我不禁萬分歉疚地俯下身子，吻了你熱呼呼的臉頰。你卻睜開眼睛，清醒地問我：「媽媽，你要幹甚麼？」我說：「沒有幹甚麼，媽看看你被子有沒有蓋好。你怎麼還沒睡呢？」你說：「我要等爸爸回來。」我告訴你：「爸爸有應酬，馬上就要回來了，你乖乖地睡吧！」可憐的孩子，是不是因為媽在教算術時打了你，你心裡委屈，睡不著覺呢？媽多少次對自己說，楠兒真是個好孩子，我一定得好好教他，不要打他了。但當我教了你算術幾遍，你還是念「一一得一、二二得二、三三得三」時，我就忍不住火了。但是打你的手還沒收回，我心裡就後悔了。可是我的臉色一時緩和不下來，我不能馬上對你說：「你好好做，我不打你。」

　　昨晚你的功課做得特別糟，字寫得跟鬼畫桃符似的，不由我看了不生氣。這一學期裡，你寫字從沒得過甲。你說：「哼，還有人得丙呢！」你好像得「乙」是天公地道

的。我要你望上比，你偏偏望下比。兒子，你不知道媽多麼盼望你能出人頭地。我曾解釋「出人頭地」四個字給你聽，問你懂不懂。你說：「懂，懂，那就是樣樣都比旁人好，長得比旁人高。」於是你爬上凳子跟爸爸比，得意地說：「媽，你看，我已經出爸爸的頭地了。」孩子，我真巴不得你快快長大，高過你爸爸的頭。那時，我就放心了。你們父子倆一定談得情投意合，你再不用擔心我或你爸爸的巴掌會落到你屁股上了。

你的天性純厚而且誠實。由一件事情上就可看得出來。每次飯後吃水菓，橘子都歸你剝開來分配。爸爸幾瓣，媽媽幾瓣，你自己幾瓣。你又得運用可憐的算術根底算上半天，最後自己拿最小的。我問你為甚麼不多吃點，你說：「爸爸說的，小孩子將來長大了吃的日子長得很，應當讓爸媽多吃點。」我對你爸爸說：「聽你的孝順兒子說得多好。」你高興起來，又塞一瓣橘子在我嘴裡。我吸盡橘子的汁水，好甜好甜啊！

今天下午下班時，交通車到巷口，就看見一個矮矮小小的影子，在濛濛細雨中一蹦一跳地跑向我。一把摟住我連聲喊媽媽。你牽住我的手，邊走邊告訴我你吃了四片餅乾，二十粒花生米，還給了阿英十粒吃。你說：「媽媽，我下午在家好寂寞喲。老師叫我寫日記，我就寫寂寞的下

午。」我聽了心裡又感動又抱歉。我和你爸都不得不上班，把你一個人丟在家裡。你卻能寫出一篇作文來，誰說我的兒子不聰明不乖呢？你一路和我說著話，昨晚打你的事，你已忘得一乾二淨了。

　　我頭痛躺在床上休息，你一直在旁邊陪我，給我烤麵包、端茶，又給我滿腦門滿鼻子的抹百花油。辣得我直淌眼淚。你說：「啊，媽媽哭了，媽媽生病就哭咯。」孩子，看你這麼孝順，這麼懂事，我和你爸爸心裡都萬分懺悔，不該打你，你真是我們的乖乖兒子啊。

　　媽的眼淚還一直在流，不知是百花油給辣的，還是媽真的哭了。孩子，媽再也不打你了。

摘手錶

不知怎麼的，出外不覺得，一進家門，就立刻覺得錶在手腕上特別礙事，特別熱。何況到家得馬上進廚房，錶怕燻煤氣，怕泡水，所以趕緊得摘下，好好放在一個最安全的地方。不然的話，兒子就會把它拿起來倒轉三圈，再順轉三圈，馬上就得進醫院修理了。這是一隻算得上名牌的精巧手錶，是我有生以來，所戴的第三隻手錶。不，連同母親借給我戴的那隻江西老錶，它該算是第四隻了。十二年前，他花了三十元美金，托朋友從香港帶來的。直到現在，它在我心目中還是最新式最玲瓏可愛的一樣飾物。我說它是飾物是最恰當不過的。因為它報時並不準確，忽而快，忽而慢，發起脾氣來就乾脆罷工，不走了。所以在辦公室，我總是抬頭看壁鐘，與他一起外出，就老問他幾點了？他煩起來說：「錶不靈，你就再換一隻吧。」我卻絕不換。我有一種固執的脾氣，就是愛一樣東西愛到底。就是它舊了，爛了，也把它當寶貝看待。何況這隻錶還是他送我的第一件也是唯一的一件禮物呢。

　　我說它是我所戴的第四隻手錶，就不覺想起那第一隻手錶來。那是母親的一隻男用夜光錶。父親用舊了給了母親，母親從不戴錶，只把它放在枕頭邊，夜裡醒來看看又看看。那時父親遠去北平，遲遲不歸。母親夜裡看錶上的時刻，就彷彿父親第二天一大早就會回來似的。第二天父親那兒會回來！錶仍躺在枕頭邊寂寞地「嘀嗒」著。我常常把它偷來戴在手上過癮，晚上放回原處。母親下廚房忙做飯，估計時間就只看太陽影子。到時候她就會喊：「太陽曬過瓜棚啦，阿根，你還不攤簟曬穀子呀？」「小春，太陽曬到門檻根兒囉，快給田裡阿榮伯送接力去吧。」（接力是鄉下土話，下午點心的意思）母親估計的時刻一點也不會差。沒有太陽的日子，她才叫我看大廳上那口自鳴鐘。我最討厭那口自鳴鐘，因為老師給我指定讀《女誡》、《幼學瓊林》的課程，就根據那口鐘。它敲起來聲音「拍搭拍搭」的，又啞又短促，像老頭子咳嗽，很吃力的樣子。老師每天都要拿一個日晷在太陽底下對一遍，日晷上的紅絲線與指南針合成一條線，就是正午十二點，然後他爬上長條桌把長針撥一下。母親笑笑說：「你爸爸不回來，自鳴鐘越走越沒力氣。算時間就全靠我看日頭影子了。」（日頭是太陽的意思）後來父親回來了，他沒有買鐘，倒是買了一隻漂亮的金錶送母親，母親說它是「法蘭西」錶，她說外國就

是法蘭西，外祖父去過法蘭西做生意。母親有了法蘭西錶，那隻老爺夜光錶就正式出借與我了。我初次戴錶，神氣活現得難以形容。儘管錶大手腕細，總覺有了手錶就與一般孩子身份不同了。可惜的是這隻錶以後不知到那兒去了。

現在我兒子上三年級，他說同學們都有手錶，才不會遲到。他爸爸就把他的舊錶給了他。他戴起來也神氣活現。且不時催我：「媽，快、快，還有三秒鐘交通車就過了。」我不知道三秒鐘能跨幾步路，反正由於他的催促，我沒有誤過交通車，一回到家，他就喊：「媽，我餓死了，一秒鐘都不能等了。」他永遠說秒不說分。我已經活得夠緊張了，他還要把我的時間縮得那麼短。

今天我回到家，摘下手錶，兒子一進門也摘下錶，和我的並排兒擺著。仔細看看說：「媽，你的錶快，啊，不對，是我的慢了。」然後他爸爸回來了，也把錶摘下，三隻錶在飯桌的一角一字兒排行。吃飯的時候，他爸爸說：「楠楠，看看手錶，爸爸給你一道算術題。我們十二點半開始吃飯，吃到一點零五分，問你一共吃了幾分鐘的飯？」

兒子兩眼瞪著錶，半晌，卻振振有詞地說：「三隻錶的長針指的地方都不一樣，叫我怎麼算得出來？」

我笑笑說：「飯桌上別惡補啦。」他爸爸卻說：「這叫做生活教育。」

　　孩子算術做不出來，卻喃喃地說：「爸爸的錶最神氣，最準確，媽媽的太快，我的太慢。」他爸爸說：「你媽媽是急性子，所以錶也跑得快些。」

　　不是我性子急，實在是時間不夠用。我巴不得整天不看錶，在此揮汗如雨的大熱天，躺在床上享受一下「手倦拋書午夢長」的清福，可是怎麼可能呢？

　　我真懷念母親那時代，看日頭影子落到瓜棚邊、門檻根兒的悠閒日子。

一粒沙子

　　星期天早上去買菜，一粒沙子吹進了左眼。我眼淚婆娑的回到家。孩子問我：「媽媽，你為甚麼哭？」我說：「不是哭，是沙子吹進了眼睛，難受得要命。」他問我：「要不要我幫你吹？」我說：「你不會吹，過一會兒就好了，你快去做禮拜吧。」可是過一會兒並沒有好，眼睛卻越來越疼。眼球上像刺了一根針，整隻眼睛都紅了。

　　下午一直「淚眼模糊」，卻直洗不去那粒沙子。偏偏星期天找不到醫生，直熬到晚上，才找到一位熟醫生。他說因我揉得太厲害，沙子的菱角刺在黑眼珠上。他小心地動了個小手術，才把這粒害人的沙子取出來，眼睛馬上就舒服了。

　　回到家，孩子已做完功課，準備睡覺了。我問他：「你的月考成績手冊呢？」他呆愣愣地搖搖頭說：「還沒發下來。」我也就信了。他睡覺後，我整理他書包，卻發現他的手冊已經發下來，平均成績比第一次月考進步了幾分，可是名次反而退後了一名。那就是說全班都進步了，他卻

沒有跟上，這就是他為甚麼要騙我的原因。我和他爸爸當時真生氣他不該騙我們，只想把他從床上拖起來罵一頓。可是我俯身看他睡得那麼甜，在淺藍色安詳的燈光裡，他也許正在做著乘火箭飛向月球的美夢呢。我對他爸爸說：「別驚醒他了，明天讓我好好勸導他。」

夜來，我仔細檢討一下，孩子儘管頑皮，功課成績差，以前卻沒有撒謊的習慣。他現在欺騙我們，是為了想逃避我們的責罵，也怕失去玩樂的機會。我們平時對他的鼓勵，總是以功課為重心。「你只要考得九十分以上，就帶你看電影，給你買機關槍。」「你要是考不好，甚麼都沒有，還要挨罵。」我們沒有設法引起他對課業的興趣。一味的「利誘」，絕不是鼓勵兒童的正當方法。他為了躲避責罵，已開始欺騙，若成了習慣，後果將不堪設想。

我輾轉不能成眠，第二天一早，等他吃完早點，我和顏悅色地問他：「你手冊已經發下來了，為甚麼要騙媽媽呢？」他驚惶地說：「我考得不好，怕你不讓我出去玩，不讓我做禮拜。」我說：「你知道欺騙的行為比考不好更羞恥嗎？你連爸爸媽媽都騙，以後將更沒有別人會相信你了。」我話還沒說完，他的眼淚已撲簌簌地落下來了。我又勸他說：「有甚麼事做錯了，或是考得不好，千萬不要瞞我們。要知道爸爸媽媽多麼愛你，我們會幫助你的。你想你在教

堂裡跟小朋友們一同做禮拜，而你卻欺騙父母親，上帝怎麼會喜歡你呢？」

　　他伏在我懷中嗚咽地哭著，可憐的孩子，小小的年紀已嘗到受良心譴責的痛苦了。他抽抽噎噎地說：「媽媽，我以後再也不騙你了。」我的眼淚也止不住的滾落。我相信孩子答應我的話，他以後不會再騙我們了。因為他原是個純厚的好孩子啊。

　　晚上他放學回家，又是高高興興的了。他仔細看看我的眼睛問：「媽媽，你眼睛裡的沙子已經沒有啦？」我說：「沙子那能在眼裡停留一天一夜呢？當然沖出來啦！」「是你早上哭的時候沖出來的呀？」他又問傻話了。我笑笑點點頭說：「是的。可是這粒沙子太大了，媽流了好多淚才把它沖出來。」我又拉著他的手說：「眼睛裡進了沙子，就會不停地流眼淚，一定要把沙子沖走了才舒服。人做錯了事，心裡也會流眼淚，一定要告訴了親人，從此改過才舒服，你懂嗎？」他有點不好意思地半低下頭說：「我懂。」

　　我卻不知我這個又傻又不用功的孩子，究竟真的懂了沒有呢。

從貓咪說起

　　我天性愛貓，到臺灣以來，一直都養貓。十五年中搬了四次家，每次最後一件行李就是我手中提著的木箱，裡面是咪唔咪唔直叫的貓。去年搬進這所公寓，更捧來了母子二貓。母貓原是隻既瘦又醜的野貓，我看牠很有靈性，便把牠收留下了。牠生的小貓可真漂亮。這一胎又剛好只生一隻，「一龍二虎」，必成大器，所以我不顧丈夫的極力反對，把牠們帶到了新居。可是一切安排就緒後，立刻就發生一個問題。我這一對寶貝貓兒往那兒擱呢？放在廚房裡吧，吃飯撒得滿地招螞蟻蟑螂。尤其大小便牠們無法出去。放在後面走廊上吧，牠們隔著紗門衝我直叫，聞著魚香不能進來又於心不忍。我想把後門尼龍紗剪個洞，好讓牠們自由進出，卻被丈夫聲色俱厲地否決了。萬不得已，只好把牠們關在廚房門外，一日兩餐送給牠們吃。更為牠們準備一隻灰盤大小便。每天我下班回家，第一件事就是出去看看牠們，對牠們噓寒問暖一番。孩子更不必說，蹲在廊下與牠們玩上了勁，連吃飯做功課都忘了。可是這樣

的日子維持不到一星期，廚房紗門被牠們抓破了，灰盤一天得換兩次，否則臭氣就從窗戶直衝他的臥室。於是他慢條斯理地說話了：「告訴你，這是公寓樓房，沒有院子，只好養『麻雀』（他喊鳥兒麻雀），不能養貓狗。我勸你還是理智一點，送回原處吧。」我心想我才不要養「麻雀」呢，我就是要養貓。可是半個月以後，我已為這母子倆忙得精疲力竭，他的臉也越拉越長了。我想總不能為小動物傷了夫妻的和氣，只得忍痛對自己說：送回去吧，除非有一天住得起花園洋房再養一打貓也由我。現在是「莫法度」了。

貓母子被送回舊宅以後，我對公寓房子也失去了好感，因為它剝奪了我生活上的一份情趣。現在擱下貓的問題不談，且說說我對住公寓房的感慨吧。

在沒搬家以前，他對公寓風光作了種種的宣傳：方便、整潔、謹慎、夠氣派……說不盡的好處。說服我下了決心。住定以後，他所說的好處誠然都有，他沒想到的缺點卻幾幾乎破滅了我安居樂業的希望。此中「甘苦」，真是說來話長。

我們住的是二樓，按說是最方便的一層。卻沒想到前後高聳的兩排擋住了陽光。後面一間書房連白天都得開電燈。他的臥室也是暗沉沉的，我只得把書房與自己臥室合併，黑房間改為孩子睡房。他還得意地說：「你放心，好房

子是夏天光線柔和，冬天陽光充沛。」誰知到了冬天，索性前後都沒了太陽，太陽只曬到前廊欄干上，至多半小時就悄然而逝，使我這個喜歡搬東西出來曬太陽的鄉下人感到極不舒服。

再說清潔吧！在我想，公寓新屋應當是蚊蠅絕跡，沒想到門口公共樓梯轉角處卻是蚊子的總匯。開門進出，蚊子便乘虛而入。有時客人來訪，站在門口說話，不打算進來，門不得不半開著，眼看蚊子一隻隻揚長而入，心裡實在著急。大門口不能安紗門，我們又怕聞蚊香煙和 DDT，就只好把好好的天花板鑽了孔，掛上帳子以策安全了。

現在說廚房。本公寓的構造是後門對後門，也就是廚房對廚房。中間巷子很窄。鄰家燒菜香味傳來，腹飢時使你垂涎三尺。有時正伏案工作，忽聞到一股焦味，急急跑到廚房一看，原來是別家在燻雞呢。廚房小，燒菜時油煙直撲客廳。所以在窗口裝了抽風機抽去油煙。許多家都裝了。做飯時，各家風機齊鳴，前後呼應，嗡嗡之聲，使人有搭螺旋槳飛機升空之感。一頓飯做完，我已是耳鳴目眩，半晌食不下嚥了。

抽風機的噪音尚有定時，且在白天，最難忍受的是夜深的噪音的迫害。不幸這座「高級公寓」中的高級住戶們，十之七八都是方城中健將，這上下前後，每一夜總有幾家

是焚膏繼晷，不知東方既白的。我時常被一聲怪叫驚醒，一身冷汗，心跳不已。然後清醒地聽四面八方傳來的牌聲、笑聲、怨聲。他們無論男女，中氣都非常的足。

「豈有此理，我五八餅聽了好半天了，倒被你摸去。」「門清不求、五將、滿園花、滿啦滿啦。」

接著是「餛飩來五碗。」「計程車，開進來。」車燈照耀如白晝，主人送客，依依道別，再約明朝。車門拍搭關上，車子就像從我胸膛上輾過去似的。

我想丟個條子在各家信箱，請求他們輕一點吧。他說沒有用，因為我們的國家，自由不受任何限制，警察都不敢管，鄰居勸戒豈會接受。所以只有咬緊牙根以求適應了。

至於白天呢，午睡時間，巷子裡的孩子成群結隊，比劍的比劍，拔河的拔河，加上各家的電視機黃梅調的最高音量，使你睡意全消，只得趕到交通車上去打瞌睡了。有時偷得半日空閒，想看看書或寫點甚麼，不幸巷子裡小販的悲調又起了，「甜酒釀吃哦？甜酒釀。五香茶葉蛋、豬油豆沙粽……」「噯、芝麻餅，一隻洋來買一隻，又香又脆芝麻餅……」明明是香甜可口的食物，聽來卻使人五內煩躁。加上「皮鞋擦哦皮鞋？」「磨刀，磨剪刀。」「舊鍋換新鍋……」一種如喪考妣的調子，我縱有泉湧文思，也被打斷了。

　　這一點，他比我強得多，他對一切充耳不聞，只顧睡他的覺，看他的書報。他說這也許是各人對噪音的容忍量不同，我卻認為是他的修養比我好。

　　最後談談衛生設備。我們的抽水馬桶，是值得特別「介紹」一番的。在公寓中，因為上下八家共一個排水系統，就是說一根大管排八家的排洩物。那一家塞了，其餘七家就同時有糞水泛濫之虞。搬來半年多中，這種情形已遇到兩次。不知是那家引起無從查考，幸未釀成大災。最近一次正巧是農曆初一，一大清早，我看馬桶裡咕嘟咕嘟直往上冒氣泡，不一回，黃水即冉冉上升，眼看將超過警戒線了，趕緊用橡皮器打，又趕緊奔告上下七家，暫時停用馬桶，年初一，見面第一句話當然是「恭喜！恭喜！」第二句話就是「請你不要坐馬桶。」這種拜年方式，倒也是史無先例。我故鄉莊稼人見了糞便就說「大吉大利」，我們公寓今年可真大吉大利了。

　　馬桶的排水正常以後，我們才敢出門。到了故居，朋友祝我們新年新居，當更有新氣象。使我不得不說起「大吉大利」的馬桶問題，相互大笑。告別時，我想起了闊別半載的母子二貓。到後院一看，母貓坐在牆頭上，豎起耳朵瞪著我，好像與我素昧平生的樣子，小貓早已長成大貓，更不會認得我了。牠們雖曾一度與我患難相依，如今卻已

形同陌路。使我感到，只有時間會使人心情轉變，忘掉舊的，適應新的。看來，我也不必再戀「故居」，學學陶淵明的「心遠地自偏」，安心與公寓噪音對抗到底吧。

我也是「緊張大師」

讀了畢璞的文章〈緊張大師、福爾摩斯及其他〉，不禁使我發出「會心的微笑」，我想天下的母親和妻子，大概都可當得起這個雅號。因為我家的一老一小，也時常以此稱呼我。尤其是那個老的，他說：「跟你這位緊張大師一起吃飯，要得胃病。一同過馬路，要得心臟病。」他就是如此地對我不滿，還時常一板一眼地教訓我：「讀聖賢書，第一要懂得那一片雍容氣質。而你卻整天像熱鍋上的螞蟻，在屋裡團團轉，轉得旁人心情不寧。」

事實上，他並沒有心情不寧，我越轉，他越翹起二郎腿看他的報紙，從頭條新聞看到分類廣告。他還說那種話，真是令人傷心。我的緊張，都只為他們父子二人。每天早上，為他趕上班，孩子趕上學的交通車，我得以飛毛「手」的速度做出兩種不同的早餐，因為丈夫不吃炒飯，兒子不吃麥片。餵得他們飽飽的，然後把裝好的飯盒遞在孩子手裡，催他快走。這才聽到自己的飢腸轆轆之聲。拿起麵包，邊啃邊換衣服準備走，焉得不緊張？

　　下班我第一個到家，扭開電鍋與煤氣爐就開始等待，如果過了他們該到家的時間，五分，十分，十五分就開始緊張了。怎麼搞的，車拋錨了嗎？沒趕上車嗎？還是有甚麼特別事故呢？腦子一味往壞處想，心一味往下沉，非得聽到他的鑰匙喀嗒一聲，孩子的門鈴掀得震天價響，我的神經才能鬆弛下來。

　　有一次，他沒回家吃晚飯，也沒個信兒，直到夜裡很遲才回家。我不免怨了他幾句。他氣鼓鼓地說：「你這種沒理性的擔憂是何苦呢？你還沒見過整夜不回家的丈夫呢。」我笑笑說：「真遇到那種人，也就不必等了。你不是說你守時得像火車站的鐘嗎？」

　　守時是他的長處，而他那股子慢條斯理，卻叫人受不了。比如穿馬路吧，我就生怕斜刺裡衝出輛摩托車，連奔帶跑地過去。他就認為如此太不夠男人的風度，非得慢慢兒踱著方步過去。他說距離除以時間，算準了絕不會出錯。他卻忘了再除二十世紀七十年代的開車速度了。他常說：「急甚麼？我是連老虎追上來，也得回頭看看牠是公的還是母的。」直到有一次坐三輪車，被吉普車從側面撞倒幸未受傷以後，才知道「市虎」之可畏，是不容你回頭看雌雄的了。

　　說起福爾摩斯第二，我卻要將這別號贈與他，因為他

是位標準的「鼻特靈」，在家裡沒事就尖起鼻子東聞西聞，一副尋釁的神情。冰箱裡的菜取出來，趕緊湊在鼻子尖上聞一聞，「怎麼一點不香？是不是日子太久了？」走進廚房再聞聞，「哦，紅燒牛肉五香放太多了。」我告訴他那是後面鄰居家廚房的香味，他才放心了。走進廁所更得聞聞：「抽水馬桶該用鹽酸刷了。」刷過以後，他還得聞聞：「怎麼老有股死老鼠的臭味？」多氣人！我問他何故百般挑剔，他說：「你忘了我是會計人員，已經挑剔成性了。」

　　有一天，我買了包巧克力花生糖，他數一下，二十四粒。驗收完畢，把它放在孩子不易發現的地方。晚上孩子張口一喊爸爸，他就聞出他偷吃了花生糖。孩子趕緊閉上嘴，搖搖頭表示沒有偷。他拿出糖一數，只剩十二粒了。他問孩子：

　　「你吃了多少？」

　　「一半。」

　　「你知道一半是多少？」

　　「十二粒。」

　　「你為甚麼要一口氣吃那麼多糖？」

　　「因為我要算算看二十四的一半是不是十二。」

　　「哼，算術倒是做對了，可惜牙齒要壞了。」

　　我和孩子都很佩服他爸爸的「鼻特靈」和福爾摩斯頭

腦。家裡任何東西不見了，他準可以慢條斯理地找出原因
來。他最得意的也是這一點。他說以我的緊張加上丟三落
四，如果不是他的慢條斯理和偵探頭腦，這個家一定是亂
得人仰馬翻了。古人有所謂「韋絃之佩」可以調劑一下，
對我們來說，這句格言是再恰當不過了。

孩子的生日

　　小楠今年十歲「整壽」，我們打算給他盛大地慶祝一番，於是他也眼巴巴地盼起他的生日來，並且好幾次埋怨的說：「日子過得真慢，我的生日怎麼還沒到？」他現在已經懂得生日是那一天就硬是那一天，不好由自己隨便定的。不像前年他還是問：「媽媽，我今年那天生日呢？」

　　他生日那天，我讓他邀請了九位他的好朋友，都是左右鄰居的孩子。孩子們一個個長得健康、活潑、純樸、可愛。我為他們煮了酸梅湯，買了蛋糕、糖菓、冰淇淋。我定的時間是晚飯後七點，而小把戲們早都站在巷子裡，一個個仰起頭來問：「楠楠，現在幾點啦？」楠楠說：「還沒有到點，才六點半。」他們又問：「我可不可以早點來？」我知道他們已經等不及了，趕緊打開大門。一群孩子蜂湧而上，一個個都打扮得整整齊齊，手中還拿著禮物，而且還寫了「祝小楠生日快樂」。雙手遞給「壽星」，「壽星」的嘴笑得跟木魚似的合不攏來。這是他有生以來，收穫最豐富的一天。

　　擺出蛋糕，點上小紅蠟燭，十個孩子圍著桌子唱「生日快樂」的歌。然後切蛋糕分著吃。一人一大杯酸梅湯。吃完糖菓和冰淇淋，肚子鼓得跟青蛙似的。接著又叫又跳的玩捉迷藏遊戲。都爬到床下桌下，笑得啊唷啊唷的，汗水濕透了衫褲，蹭上了灰塵。一個個都像灶王爺，早已失去斯文做客人的風度了。我們大人在一旁看著，也覺得自己從來沒這麼快樂無憂過。玩到快十點，如果不勸他們回家洗澡休息，他們還不肯走呢。臨走時，給他們一人一根棒棒糖，才「一、二、三」排隊呼嘯而去。

　　楠楠為他的生日，早一晚就失眠了。過完了生日，他又興奮得失眠。他嘆息的說：「我從來都沒這麼快樂過，由我玩，由我吃。闖了禍也不罵我。」聽他說得怪可憐的，我又對他說：「你以後如功課有進步，我可以每個月為你舉行一次這樣的晚會，那不叫生日會，是同樂會。」他馬上告訴了小朋友。於是每天聽他們在陽臺上問他：「楠楠，你功課進步了沒有？」他回答說：「進步了，大楷多了一個圈。本來只一個圈，現在兩個圈了。」我說那不夠，要樣樣都進步，他又說：「小楷得了乙上星，加了個星了。還不夠嗎？」我仍搖搖頭。他眼看著晚會沒有多大希望，就去問旁人，「喂，你幾時生日？我到你家過生日。」他的朋友回答說：「不曉得，媽媽說到時候會告訴我。」前天他興高

采烈的對我說：「今晚要去小方家過生日了。」我給他準備了一份禮物，誰知去了幾分鐘就回來了，垂頭喪氣的說：「他媽媽說，功課都沒做好，不行過生日。」我問他：「那麼那天過呢？」他說：「不過了，他媽媽說他的生日早就過了，在寒假裡。今天是他自己定的，他媽媽不知道。」

　　我忍不住笑了。他又嘆口氣說：「一個人要有兩個生日多好呢？一個在寒假裡，一個在暑假裡。」

我的童話年代

　　每回翻開一本好的兒童讀物，欣賞著有趣的故事與美麗的圖畫，我就有一種年光倒流，重返兒時的感覺。可是我的童年時代，那有像今天這樣，整套的、加了注音符號的幾百字故事，童話叢刊、兒童文學叢刊呢？母親給我買來一本《二十四孝》和一本《兒童模範故事》，就供我讀上一整年了。讀得裡面的圖畫全會白手描了，也難得盼到一本新書。我在描圖畫時，心裡常常想，做孝子多麼不容易啊？像王祥那樣，得脫成赤膊，躺在冰上凍得半死，才凍出一條鯉魚給媽媽吃。像閔子騫受後母虐待，穿著塞蘆花的假棉襖，還得咬緊牙根說不冷，拿至誠來感化後母。這樣的行為實在太偉大了，我做不到，我的小朋友們也沒有一個做得到。他們好像是我在廟裡看見的端端正正坐在神龕裡的神仙菩薩，離我太遙遠了。我倒比較喜歡那本模範故事。因為愛迪生的頑皮樣兒好像就在我眼前。華盛頓砍了櫻桃樹，向父親坦白承認，使我懂得誠實的意義。司馬光用石頭打破水缸，救出他的朋友。他的機智與鎮靜使我

非常欽佩，我希望自己也能學得到。

可是無論如何，僅僅是這幾本薄薄的故事書，實在不能滿足我的慾望，我想知道更多的事情。我不但希望知道歷史上偉人們童年時代的故事，也希望知道我的父母親、祖父母、老師們小時候有趣的事兒。因為他們是我最愛、最信賴、最熟悉的人，我要知道他們小時候是不是也頑皮闖禍、挨打，有時候是不是也會撒點小小的謊？他們遇到危險如何保護自己？遇到困難如何想法子解決呢？我的運氣很好，因為在我八歲的時候，外祖父被接來和我們一起住了。因此從八歲到十一歲，是我童年時的黃金時代。外祖父說不完的故事，使我小小的心靈，懂得了仁慈、友愛、誠實、勇敢諸種美德，而且覺得一個人學好並不是太難的，因為外祖父也做到了。

每天晚飯以後，讀完夜課，我就端一張矮竹凳，坐在外祖父身邊，雙手捧著他的膝頭，聽他講小時候的故事。我的家庭教師對我極嚴厲，當背不出《幼學瓊林》與《女誡》而挨了打以後，外祖父圍著青布大圍裙的膝頭，就是我安全的避風港了。他講他跟父親上山砍柴，遇到野豹，怎麼躲避。颱颱風漲大水，怎樣搶救穀倉和牛欄。長毛來了怎麼逃難，既驚險又有趣，聽得我嘴巴張得大大的，口水都掉下來了。

他說一個人，做事不要怕難，不要怕危險。遇到困難與危險，要想辦法克服。他伸出他蜷曲的小拇指告訴我，他十歲時，有一次上山砍柴，長毛賊來搜山了。他屏住氣躲在一堆矮樹叢中。沒想到長毛賊就站在他鼻子尖前面，背向著他，握著大刀。大靴後跟正踩住了他的小拇指，疼得鑽心，他卻忍住了不喊出聲來，因為，喊出來就沒命了。長毛走後，他偷偷逃回家，小拇指卻斷了。又有一次，村子裡漲大水，他雖小，卻把纏小腳的曾外祖母，扶上後山，再回來把豬雞鴨都救了出去。因為那時曾外祖父正出門做生意去了。

他不但講許多他自己的故事，也講許多旁的故事給我聽。我至今還記得的是兩姊弟逃難的故事：有一對姊弟在山上玩，忽然強盜來了，他們逃向一個山洞，洞口佈滿著蛛網。姊姊吩咐弟弟，要小心地爬，不要弄破了蜘蛛網，因為蜘蛛結網是非常辛苦的。他們剛爬進洞裡，強盜就來了，他們朝洞口看看，一個說一定有人躲在洞裡，一個說，不會的，爬進洞的話，洞口的蛛網一定給弄破了。另一個想想不錯，沒搜尋就走了。姊弟二人因為不傷害蜘蛛，也得到很好的報應。像這樣善有善報的故事，外祖父講了好多。如今想起來，許多老一代的童話故事，都包含著很好的教育意味，可以培養孩子們愛護小動物與愛惜物力的純

厚天性。

　　那時我們沒有專為兒童畫的圖畫，外祖父給我看的是豐子愷為佛教會勸戒殺而畫的漫畫。那簡單的一點一劃，傳神之至，而作者的那一片仁慈的心，亦復溢漾紙上，印象至今不可磨滅。也使我至今一直都愛惜小生命。我因而想到，如果畫家們為兒童多作有教育性的漫畫，縱然不著一字，也可使兒童們心領神會。

　　外祖父還常常講拆字故事給我聽。有一個我一直沒忘記：三個女婿去丈人家拜壽，大女婿喝一口酒念道：「顏色相同茶與酒，呂字拆開兩個口。一口喝茶，一口喝酒。」二女婿隨口接道：「顏色相同煤與炭，出字拆開兩座山。一山出煤，一山出炭。」三女婿發了半天呆，忽然靈機一動，也念道：「顏色相同龜與鱉，二字拆開兩個一。」他指著高高坐在上位的丈人與丈母娘說：「一個是龜，一個是鱉。」外祖父講完非常得意，也舉起茶杯來，喝了一大口說，我喝的不知是茶還是酒。我笑得滾到他懷裡，連終日緊鎖雙眉的母親，也不由得莞爾而笑了。

　　外祖父的拆字巧對很多，像「此木為柴山山出，因火成烟夕夕多。」「哥哥門外送雙月（朋），妹妹窗前捉半風（虱）。」「一點兩點三點氷冷酒，百頭千頭萬頭丁香花。」更有趣的是換偏旁遊戲。像「橋」字，他念道：「有木也是

橋，無木也是喬，去掉橋邊木，加馬便成驕。貧而毋諂，富而毋驕。」又如「棋」字，他說：「有木也是棋，無木也是其，去掉棋邊木，加欠便成欺。龍遊淺水遭蝦戲，虎落平陽被犬欺。」凡此許許多多的文字遊戲，當時頗提起我分辨字形近似、部首相同的字義的興趣。中國文字的字形、字義與四聲，是一種特殊的藝術。在兒童時期以遊戲的方式，啟發他們的興趣，未始不是一種很好的嘗試呢。我對舊詩詞的愛好，也許就由於外祖父的啟蒙吧。

我最記得每到過新年，外祖父用微微顫抖的手，蘸飽了濃濃的墨水，在紅紙條上寫春聯。字體方方正正的，有點像魏碑，也有點像漢隸。我當時只覺得那一個個大字都很好看。每副春聯，不管我認不認得字，他都要詳詳細細地給我講解，叫我背下來，因為音調好聽，念起來琅琅上口，念一兩遍就都會背了。

正月廟裡演戲，外祖父提著紅燈籠，冒著大風雪，帶我去看戲。跳躍的紅燈籠光影，照在白皚皚的雪地上，也照在外祖父雪白的鬍鬚上　，把兩樣白的東西都映成粉紅色了。

這一片柔和而溫暖的粉紅色，像夢似的，一直盪漾在我的心頭。使我懷念童年，懷念外祖父。我覺得外祖父長長的白鬍子，正象徵他永遠不老的赤子之心。他終年的笑

口常開，從不嘆氣。他給我講的故事，每一個都充滿了愛與快樂。現在我自己已是中年，我有一個心願，就是如果生活能較悠閒的話，我一定要靜下心來，重拾兒時舊事，把當年小朋友們憨態可掬的神情，我們捉迷藏、盪鞦韆的情景，一點一滴地描繪下來。也把我們那個時代的風俗人情，與那時代人們的思想語言記載下來，給許多孩子們看，也給我自己看。我想喜歡看這一類兒童故事的人，就是年紀再大，也不會覺得自己老的。因為童年的回憶，使一個人的心情永保青春。

我想每一個人，都有一個美麗的童年，如果寫文章的朋友們，把自己的童年生活，無論以充滿歡欣或惆悵的筆調寫下來，都將是最好的兒童文學，也是最好的童話。童話並不一定都要憑想像編故事。我有一個徒孫（我學生的女兒），她對我說：「師婆，我好喜歡林婆婆（海音女士）的《城南舊事》啊，〈我們看海去〉的那個賊，多麼可愛，多麼善良啊！」可見得每一個孩子，都喜歡看大人們童年時代的故事，尤其是他們熟悉的人物。他們希望知道媽媽、爸爸、叔叔、阿姨們小時候所發生的事情；他們的時代背景和他們成長的過程，這是對下一代兒童們極好的生活教育。如加以文學的描寫，我想比起神仙、公主、大象、小白兔等的童話，對兒童的興趣與善良天性的引發，當有更

多的效果吧。

　　我更覺得寫童年故事與童話，本身就是一種享受。因為在下筆之際，你自會拋開人世的得失憂患，忘卻現實的醜陋與不能盡如人意處。尤其是身為父母的，一提起筆來，就會想起他們的兒女們幼年時或現在正是年幼中的可愛神態，自是筆底生春，文思泉湧。記得子敏先生的文章〈一個父親的深思〉裡寫的，他伏案寫文章到天亮，孩子起床了，揉揉惺忪的眼睛對他說：「爸爸，今天見！」做爸爸的焉得不滿懷歡慰，以天真的「兒語」，寫出至真至善至美的童話呢？

一朵小梅花

　　兩顆天藍寶石，兩顆兔眼紅寶石，兩顆透明廣東翠，圍著一粒圓潤的珍珠，鑲成一朵六瓣的小梅花，真玲瓏小巧，我不知有多麼多麼的喜歡它；因為它不是一件尋常的飾物，卻擁有太多太多的回憶。

　　小梅花原是母親的髮簪，是她新婚時父親從杭州買回給她的。母親告訴我她總共才戴過兩次，後來父親沒有再帶母親出外應酬，小梅花就沒有機會再戴了。剪了長髮以後，母親把簪子的長針切去一截，彎成小鉤，鉤在黑絲絨帽子邊的黑綢花心上，作為裝飾。母親很少出去，也很少戴帽子；我就偷偷把小梅花摘下來，鉤在自己胸前，在鏡子裡扭呀扭的，自以為是個小小的美人兒。「小心，別丟了。」母親儘管這麼說，我還是要戴。

　　後來真的丟過一次，是近視眼廚子老劉給我找到的，真算不容易。那以後，母親不讓我戴了，收在首飾盒裡，跟她一雙二兩重的絞絲手鐲、一隻四錢重的赤金戒子、一條雞心項鍊鎖在一起。這是母親的全部家當。冬天的夜晚，

整幢房子是冷清清的，屋子裡昇起火，母親坐在搖椅上結
毛衣，就把首飾盒取出來讓我玩，我戴上沉甸甸的手鐲，
掛上雞心項鍊，披上花綢巾，學著京戲裡的花旦邊做邊唱，
母親一直笑著。她的笑容是那麼安詳、沉靜。外面大門外
一聲呼喝，就知道是馬弁侍候父親看戲去，車鈴聲與馬蹄
聲漸漸遠去，我問母親：「媽，您為什麼不跟爸爸看戲
去？」她搖搖頭，半晌說：「我看你扮花旦，什麼地方都不
想去了。」

　　我把梅花摘下來，戴在母親烏黑的鬢髮邊說：「媽，您
戴了真美。」

　　「我不戴了。不過我很喜歡這朵梅花。因為是你爸爸
親自挑選光彩這麼好的寶石給我，他說，那差不多花了他
半個月的薪水呢。」

　　母親眼神中流露出對父親無限的感激與依戀。她又微
喟了一聲說：「這是他給我最好的紀念品了。」寂寞的笑容
又浮上她的嘴角，好像父親離她很遠很遠似的。其實父親
的臥室就在母親的正對面，中間隔了一座富麗的大廳，擺
滿了紫檀木的桌椅。這些笨重的桌椅，長年冷冰冰的沒有
人去坐，大廳裡也很少有人走動，因此，這兩間屋子就像
離得很遠很遠了。

　　母親照顧我睡上床以後，再把首飾一樣樣萬分珍惜地

放回首飾盒，鎖進抽屜，鑰匙的叮叮聲是那麼的柔和，母親像把一段美麗的記憶也鎖進抽屜裡了。

我念初中以後，有一天放學回家，看見母親用彩色絲線在一張四方白麻紗上繡花。

「您繡什麼，媽。」我問她。

「繡一朵小梅花，然後把四周圍抽絲縫成一方手帕。」

我一看，梅花已經繡好三瓣，一紅一綠一藍，我才恍然母親是要照著那朵寶石梅花簪子的顏色繡的。我默默地望著母親，在想她為什麼要繡這條手帕。

「後天是你爸爸的生日。」她像在自言自語。

「您是要送爸爸的嗎。」

「嗯，你今年十四歲，我們結婚十八年了。這條手帕給他做個紀念。王寶釧苦守寒窰也是十八年。」她調侃似地說。

「媽，這麼多年來，您好像從來也沒有過一次生日，爸爸也沒送過您什麼，是嗎？」

「我不要他送什麼，有這朵梅花就很好了。小春，你還太年輕，不懂得大人的心。人的心是很古怪的，有的人要的很多，有的人卻只要有一點點就很滿足了。」

「那麼，您有什麼呢？媽。」

「我有你，還有你爸爸從前對我的好處。」她的嘴邊

始終浮著那一絲安詳、沉靜，但卻是非常寂寞的微笑。

　　第二天夜晚，母親把繡好的手帕，用一張紅紙包好，叫我送給父親，給他暖壽。

　　「爸，媽送您的生日禮，她特地為您繡的。」我把它遞到父親手中說。

　　父親打開來，一看巾角上是一朵彩色梅花，他微微皺了下眉頭說：「男人怎麼用繡花手帕？」

　　「媽是照著您送她的那朵梅花顏色繡的，給您留個紀念。」

　　「我送她的梅花？」父親茫茫然地記不起了。

　　「您忘了，好多年以前，我還沒出生呢，媽說已經十八年了。」

　　「唔，太久了，我記不得了。」他頓了下，又說：「小春，我不用這繡花手帕，送你吧，你拿去。」

　　他把手帕和紅紙一起塞在我手裡，顯得很疲倦的樣子。我瞪眼望著他，憤怒、失望、傷心，使我說不出一句話來；我把手帕與紅紙揉成一團，轉身奔出房門，不由得淚如雨下。可是我立刻想到，我怎麼能再讓母親傷心，讓她看見手裡的東西呢？於是我連忙轉回自己的小書房，把手帕塞進書包，抹去眼淚，裝上一臉笑容，走去向母親覆命。

　　「你爸爸沒說什麼？」母親渴切地問。

「他說很好，叫我謝謝您。」我的聲音很微弱。

「他沒嫌顏色太鄉氣？」

「沒有，因為，因為他知道您是照著那朵梅花繡的。」

「他沒忘記那朵梅花？」

「嗯。」我的回答近乎嘆息。我心裡只想哭，卻勉強忍住了，因為母親在微笑。

「媽，您真癡，真傻。」我在心裡喊，喉頭哽咽著。我雖才十四歲，可是母親所受的痛苦太多，我的心也沉甸甸的似乎承受得不了了。

繡花手帕一直收在我書包裡，可是有一天忽然不見了。我不敢問母親，只是暗中在找，想是夾在書裡，或丟在學校裡了。可是很久很久，我都沒有再找到。心裡雖著急難過，卻也無可如何，粗心的我，卻沒發現母親這些日子神情的黯淡。直到有一個大清早醒來，看見母親呆呆地坐在床沿上。我起來後，她替我梳辮子，幽幽地說：「小春，你怎麼不快點長大，你快快長大，快快大學畢業。你出嫁時，我要繡一條梅花被面給你。」

「那要花多大工程呀。」

「我繡花的手藝在家鄉村子裡要數第一，只有你爸爸才不希罕，把一條繡花手帕都退了回來。」

「媽，您已經知道了？」我大大地吃了一驚。

「我早該知道的，從你那晚回來的神情裡就該看得出來的，我只是不願意往那樣想就是了。後來在小書房裡撿到手帕，才知道你爸爸真的什麼都不要我的。」

「媽，您太苦了。」我不禁流下淚來。

「別為我難過，小春，我早已不難過了。從你漸漸長大以後，我也漸漸想得開了。」她的聲音低沉而平靜，一個人承當得太多，忍受得太多，就會有這種低沉平靜的聲調嗎？

我淚眼模糊地望著母親說：「爸太負您了。」

「沒有，你別這麼說。他只是很老實，不會做假罷了，我很原諒他。」

「媽，您真好。」

「那塊手帕，我也收在抽屜裡，給你扮花旦時候用。」媽又笑了，多淒苦的笑容啊。

我不再扮花旦了，因為我已經漸漸長大。年光流逝，父母親都已垂垂老去。病，使父親的心情轉變，他一天天的更懷念舊日純樸的農村生活，也一天天的更體驗到母親對他寬大無底的愛。病榻前，我時常看到這一對兩鬢蒼然的老伴兒，淚眼相看，卻又是相視而笑。

「你做的棗泥糕真香真軟。」父親常會這麼說。

「是婆婆教我的做法。糯米又是家鄉帶來自己稻田裡

種的，所以格外好。」母親就這麼回答。

　　說起辛勞一輩子的祖母，他們就有說不完的古老事兒。父親與母親原是遠房表親，也是童年的遊伴。他們就從七八歲在水田裡摸田螺，說到送禮餅訂婚；從父親掮著行李出門求功名，說到祖母捏著念佛珠看著父親軍裝的照片笑眯眯地去世。然後父親就說病好以後，一定要回到家鄉過清靜日子，過莊稼人生活了。於是我也想起了家鄉後門外的稻花香；夏夜咯咯的蛙聲；園子裡鮮甜欲滴的水蜜桃和楊梅；更有冬天屋子裡熊熊的炭火上烤的新鮮山薯，和窗外壓雪的寒梅。

　　我從我的寶物箱裡取出那朵小梅花，遞到父親手裡問他：「爸，記得這朵花嗎？」

　　「怎麼不記得，是我送你媽的，現在又傳家寶似的傳給你了。」

　　爸什麼都記起來了，他望著母親，眼神中滿含著歉意，也滿含著柔情。

　　我把小梅花放在手心裡，寶石的光彩是多麼絢燦美麗啊。

燈下瑣談八則

雨之戀

　　我愛雪，也愛雨。雪令人感受一份沉靜的無聲之美，雨令人起無限的懷舊之情。可是臺灣沒有雪，今年的臘盡春初那幾天，更無一絲寒意。室內的熊熊爐火，窗外的壓雪寒梅，只可於夢中得之。幸得這一陣子濛濛的細雨，又帶來了料峭春寒。我居處門前是一條長溝，小橋下流水潺潺，溝太窄，固說不上春江水暖，而兩邊的繁花雜樹，倒也點綴得這條長堤春意盎然。下雨天，我就愛在堤邊散步，不打傘，讓霏霏細雨，淋濕我的髮絲與臉頰。也洗滌了我胸中無限塵勞。我追憶著故鄉西子湖頭許多雨中的趣事，也懷念書齋壁上用松樹皮拼成的聽雨樓三字，臉上不自覺地泛起了微笑，心頭溢漾著的是溫暖而不是悵惘。

　　古人詩詞常喜歡拿雨來比愁，我卻覺得雨中綠意充滿生機。不是嗎，我們稱師恩為「春風化雨」，雨給人心田以

無限滋潤而得化育之妙。嬌豔的海棠，更是經雨臙脂透。楊柳垂絲，雨中更顯得青翠欲滴。人的心情如能長時承受雨露的滋潤，就如同飲了玉露瓊漿，可以永保青春了。這就是我為什麼愛雨的原因。

　　張潮的《幽夢影》裡說：「我欲寄語雨師，春雨宜於上元節後，至清明十日前之內，及穀雨節中。」這次的雨恰巧始於上元節後，而且是時晴時雨。毛細雨中不必張傘，不妨礙春遊，不妨礙工作。更可以增添窗前讀書的情趣，觸發燈下寫作的靈感，天公真可說得作美了。

　　人生一世，不知要經過多少個風雨陰晴。如果我們一味的可惜流年，憂愁風雨，大好青春就在風雨中消逝而了無痕跡，那才是真正的可惜呢。蘇東坡是位豁達的詞人，他的「也無風雨也無晴」卻似乎把人生看得太透澈。我覺得風雨陰晴是氣候自然的變化，歡樂憂患是人生必有的際遇。在晴天中我們享受和風麗日，在雨天裡我們欣賞綠樹青山。如此則何處不樂，何時不快。套一句張潮的《幽夢影》：「春雨令人醉，夏雨令人清，秋雨令人幽，冬雨令人和。」四季的雨都是那麼可愛。現在是春天，我懷戀大陸江南的雨，我也愛臺灣四季如春的綠，看，細雨把綠染得更濃了。

一粒珍珠

　　你知道珍珠的形成嗎？阿拉伯的詩人說：當牡蠣出現在海面上時，一滴露水落進牠的心臟，便變成了一顆珍珠。這只是詩人的想像。其實呢？珍珠是由於一粒砂子或微小的寄生物，偶然侵入了牡蠣的殼內，牡蠣為了要排除這粒刺激物，就蠕動著柔軟的身體，想把它擠出殼外。可是由於不停的蠕動，卻分泌出一種透明的液體把刺激物包圍起來。蠕動越力，液體分泌越多，刺激物被包圍得也越厚，久而久之，分泌液硬化，就逐漸變成一顆晶亮圓潤的珍珠了。這個故事非常可愛，給予我們的啟迪也很多。它使我們想到刺激或障礙對於人生的益處。牡蠣沒有這粒砂子的侵入，不會努力蠕動身體排除它，便不會產生光澤的珍珠。人生沒有遇到困難與阻礙，便磨練不出解決困難的毅力與智慧。我想每個人心靈中應當都有一粒珍珠。這粒珍珠是隨著年齡、學識修養而逐日長大，逐日變得更晶瑩光澤的。

　　我以前有一個朋友，她的左臉頰上有一片火灼的紫黑大疤痕，我初次認識她時，心裡真有點怕，想她一定是個怪癖的人，可是與她相處越久，越發現她的可敬可愛，她的爽朗、風趣、敏捷熱心與樂於助人，使人人感到少不了

她，誰都把她面頰上的疤痕忘了。有一個深夜，她悄悄對我說：「你以為我沒有痛苦嗎？當我開始懂事起，我就痛苦極了，我恨透了自己鬼怪似的臉。可是當爸爸告訴我那是母親生病中照顧不了我，致使我跌入炭火缸中灼傷時，我不敢對她抱怨，以免增加她的內疚。我想造物既然如此殘酷地懲罰我，我必須勇敢地承當下來，而且設法掩蓋臉上的疤痕。爸爸對我說『靠美容化裝是沒有用的了。你只有在心裡想些快樂的事來做，高興的話來說，努力用美麗的言行化去臉上的疤痕』，爸爸的話是對的，我的努力沒有白費，我成為一個街坊鄰里都稱道的好女孩子，沒有人譏諷我臉上的疤痕。人人都對我很和藹很親切。你知道，眼睛中落進砂子，你必流淚使砂子出來，心上有這麼大的疙瘩，你能不哭著把它排除出去嗎！」十餘年來，她的話深深印入我的心中。我想她臉上的那個大疤痕早已不為人所注目，因為她心中有的是一顆晶瑩光澤的珍珠。

等

前些日子讀了一篇抹著淡淡的幽怨哀愁的小說〈梧桐細雨黃昏〉。文中的一對戀人是為了等候而鬧彆扭。女孩子有意要男孩子等，在電影院門前足足等了一小時又二十三

分，男的責怪她不應讓他把這麼寶貴的光陰花在等上，女的認為「你要是真喜歡我，就得耐心等」。這是愛的考驗。可是這個考驗卻使他們僵持幾星期不見面。這是文明時代的戀愛故事，這故事卻使我想起，我母親時代女性的「等」的能耐，那時代，女人永遠是等的一面。結婚大典中，新娘花轎進大門以後，新郎才開始沐浴更衣，而且動作要放得特別慢，目的就是讓新娘等。新娘悶在四面不通風的轎子裡，起碼要等一小時二十三分以上。等那位她還沒見過面、不知人品如何、長相如何、性情如何的「心上人」。轎子裡面是漆黑一片，外面是鼓樂喧嘩，還不時有大人小孩的手伸進來討糖菓棗栗。轎子裡要帶足了喜菓以便應付，如被討光了，就認為你小氣。新娘的頭上戴著一斤多重的鳳冠，腳上裹得緊緊的繡花鞋，因為擋不住從洋灰地裡冒上來的寒氣，都快凍僵了（鄉下結婚大都在冬天或早春）。轎子外雖然是花團錦簇，而裡面卻是一隻狹窄的箱子，把人鑲在裡面動也動不得。整天不曾吃東西喝水的新娘，一定是又餓又渴又疲倦。這是受刑罰，是新婦進門，婆婆與夫婿給她的下馬威，可是做新娘的毫無怨尤。她心甘情願地等待，懷著滿心的恐懼與希望，等待打開轎門的鞭炮與鼓樂。新婚夫婦，由素昧平生而相識而戀愛。然後兒女一個個接著來了，女的永遠在等中，等公公與丈夫由田間回

來，等婆婆的吩咐，協助料理家務，等孩子熟睡以後做點針線活兒，然後一天天等著兒女婚嫁，等著自己做婆婆，一生都在默默中度過，快樂時不能笑出聲來，悲傷時不能流下眼淚，那種生活，豈是二十世紀七十年代的新女性所能想像？

至於少男少女私下裡相悅的，並不是沒有，可是也總是女孩子等待情郎，如果他惱了她，不再理她了，她只有暗中悲嘆哭泣，自怨命薄，正如國風的〈子衿〉篇「青青子衿，悠悠我心，苟我不往，子寧不來。……」那麼的婉轉纏綿。

我忽然覺得新式戀愛的男等女，鬧得不歡而散，不夠人情味。何不發揚一下女性的舊道德，調和一下現代女性的任性。雙方相互的等待，相互的體貼。婚前相知相愛，婚後白頭偕老。世上的美滿姻緣，神仙眷屬，一定會更多了。

半絲半縷

最近搬家，於整理雜物時，許多的瓶瓶罐罐，破舊衣服，乃至於大疊的大封套玻璃紙袋，歸了滿滿一竹筐，那麼累贅的廢物，幾次想扔去卻又捨不得，因為每樣東西，

都是經過自己細心收拾洗滌過的。看來不值一文錢，要用起來卻都非常順手。於是一股腦兒把它帶來了，我心裡在默念著「半絲半縷，恆念物力維艱」的兩句格言。也想起母親一雙勤勞的手，摸摸索索整理雜物時的神情。她真是半截線頭，都要收在針線盒裡，以便隨時縫補之用。

　　母親是一位生長在農村的儉樸婦女。她的儉省，最為親族鄰里所稱道。記得幼年時，她時常把我抱在膝頭上，點著大堂屏風門上的朱柏廬先生〈治家格言〉，一字一句地教我念。而對於「一粥一飯，當思來處不易。半絲半縷，恆念物力維艱」的幾句，她總是反覆為我解釋，要我節儉惜福。這篇格言，是我父親的好友，一位名書法家，用方方正正的隸書，寫在朱紅底飛金紙上的。濃濃厚厚的墨蹟，粗壯雄健的筆礎，在我腦海中留下深刻的印象。稍微長大後，父親要我每天不但背誦一段，還要坐在大廳正中的紫檀木大方桌前，照著臨一段，週而復始，這篇格言，就臨了無數遍。父親對我說：「我要你背誦、臨摹，不是為了學寫文章、習字，而是要你牢記心頭，時時照著去做。」父親不但以言教，更以身教。鄉居以後，只要是身體健康，每天真個是黎明即起，親自打掃庭院，修剪花木。賢淑的母親，更是裡裡外外，忙個不停。我看他們一生處事做人，可說許許多多地方，已做到格言上所說的。因此我對雙親

倍感敬愛，而對這篇格言，亦覺應當服膺勿失。然而凡事
說來容易，做起來真是太難。時至今日，隨著社會風氣的
轉移，人們的生活漸習奢靡。比起母親那個時代，相差真
不可以道里計，當然，我不是說要開倒車，生活方式原是
求進步的。何況工業社會是要促進消費，不同於農業社會
的只求節省。但消費也好，節儉也好，只要不失之浪費，
不落於吝嗇，兩者原是不衝突的。我於這次搬家中，深深
體味到愛惜物力，無論在精神上物質上都有很大的收穫。
因此我想到重溫朱柏廬先生〈治家格言〉，許多地方，是值
得我們身體力行的。

逝者如斯

雪萊有一首詩：「深不可測的海，它的浪就是年歲，時
間的洋，它深愁的水，混濁著人們的眼淚。」詩人以如何
沉重的心情，寫下了他對時間的感觸。我們的至聖先師孔
子，對著悠悠的流水，也不免興「逝者如斯，不捨晝夜」
之嘆。時間是最薄情也最公平的，無論王侯將相，販夫走
卒，都曾在時間的浪潮裡年輕過，哭過，笑過，也都必在
時間的浪潮裡衰老，消逝。沒有人能使青春長駐，沒有人
能為過去的時間打鐘，那麼怎麼辦呢？我們如只為體力漸

衰，齒危髮落而悲嘆心驚，時光似將溜得更快。所以詩人與聖哲都告訴我們，無論是歡笑也好，眼淚也好，我們必須把握時間，紮紮實實的生活，快快樂樂的享受。當然我所謂的享受，是屬於心靈而非物質的。這心靈的享受是什麼呢？就是讀書、工作，與交友。讀書可以打破時空的限制，與古今中外的賢哲文豪為友。孔子讀書讀得高興起來就「樂以忘憂，不知老之將至」。工作使自己身心健康，使社會人群獲得益處。愛迪生一生沉浸在工作裡，發明了電燈，為世人帶來了光明。但他自己說他並不曾工作，只是在遊戲。他視工作為遊戲，可見他對工作的著迷。一個人對一件正當的工作如果著了迷，他再也不計成敗得失，窮達榮枯。他的心靈已昇華到超凡入聖的境地了。至於友情，像飲啜一杯芬芳的醇酒，使你淺醉微酡。三更入夢，千里懷人，真是心靈上莫大的安慰。張潮的《幽夢影》裡說：「對淵博友如讀異書，對風雅友如讀名人詩文，對謹飭友如讀聖賢經傳，對滑稽友如閱傳奇小說。」真是個懂得享受友情的人。俗語說得好：「舊書好讀，陳酒好飲，老朋友最可信賴。」一個人如果沒有幾個老朋友，就算虛度此生了。人生數十年歲月固然短促，但如何使短促變為永恆，就在你自己如何把握「此刻」「今天」。現在讓我引泰戈爾的詩來為本文作結：「讓你的生命在時光的邊緣上輕柔地舞

蹈著，好像露珠在樹葉上抖顫。」露珠的爍閃是短暫的，樹葉也必逢秋脫落。但輕柔的舞蹈，那剎那間的快樂便是永恆。

自作自受

我有一個朋友的孩子，非常懶惰而且粗心，卻是絕頂聰明。寫日記作作文，運用起成語來頭頭是道。他媽媽把他以前的日記拿給我看，題目是「自作自受」。我還以為是什麼自己反省的文章呢，原來他寫道：「今天爸爸值班，媽媽中午也沒有回家吃飯。我就自己動手做飯、炒菜。搞得滿地是水，到處是油，桌上連放碗筷的地方都沒有。平日看媽媽做飯很快，原來自己做來這麼難。可是自己做來自己享受也很有味道。這叫做『自作自受』。」我看了不禁哈哈大笑，這個孩子長得黑黑瘦瘦的，見了人不多說話。可是野得出奇，幾年前的一個夏天，他出去游水整天不歸，害得他失明的祖母沿河一路喊他，淘氣的他，竟悄悄地跟在祖母身後走，被他父親發現，狠狠的揍了一頓。不久祖母去世了，他很傷心地在作文裡寫道：「祖母，我太對您老人家不起了，我永遠不能忘記您那一次沿著河邊慈愛的叫喊聲。」從這些事上，看出這孩子是個有成就的好孩子，

他時常向我借書，閱讀能力很高，速度又快。他母親生怕他耽誤正功課，他卻毫不在乎。三年前他輕而易舉地考取了初中，三年後的現在，又不聲不響地考取了高中，我對這位朋友不勝欽羨，讚她教子有方。她嘆口氣說：「有什麼方，告訴你，男服學堂女服嫁，一個孩子上了學，你就托付給老師，做母親的在課業上不要釘得太緊。他自然會按部就班的去做的。許多母親把孩子管束得太嚴，使孩子身心受到極大的拘束，反而發生不良的後果。」她的話很有道理。有一天孩子笑盈盈地來還書，對我說：「功課忙，暫時不看閒書了。我現在對數學很有興趣，一道題爬在桌上想好久，不肯問同學，忽然一下子想出來了，那種高興真是說不出來的。」我笑著對他說：「這不又是你的成語：自作自受嗎？」他也哈哈大笑了。

夢

蝴蝶夢為莊周，是蝴蝶之不幸，莊周夢為蝴蝶是莊周之幸。李白說「人生若夢」，勸世人多多享受夢似的人生。後主因「夢裡不知身是客」，才得「一晌貪歡」。王國維感傷的是「人間酒醒夢回時」。

看來真實的人生，似乎真個不及夢境美好。

　　有一個愛酒的人，在夢中沽酒一壺，想把它加熱再飲，誰知在熱酒時卻醒了，他懊喪地說：「早知會醒，不如就喝冷酒了。」似有無限幻滅的悲哀。

　　孩子在夢中吮著甜蜜的糖，醒來時嘴裡沒有糖，哭著到處找夢中的糖。他那兒知道夢中的一切，帶不進現實裡來呢？

　　但有時夢亦何能如意？詩人遺憾於「夢中不識路，何以慰相思」。詞人悲嘆「夢也，夢也，夢不到；寒水空流」。唐明皇與愛妃竟然「悠悠生死別經年，魂魄不曾來入夢」。如晏幾道的「夢魂慣得無拘檢，又踏楊花過謝橋」的，能有幾人？

　　人生有缺憾，希望以夢來彌補，而夢中遇到困厄，如南柯太守之將被砍頭，急出一身冷汗，又幸虧是一場大夢。可見逃避患難，祈求幸福的享受，是人類的弱點。但我們不妨化此弱點為一種創造人生的力量。對缺憾的人生，以美麗的夢想美化它。如陶淵明的桃花源，正是他的理想世界，卻不是逃避人生。我們更無妨懸一個夢境做為努力的方針。把夢想帶到人間，登陸月球在十年前是一個夢，如今卻真的實現了。

　　因此歸根結底一句話，做夢不是消極的逃避現實，而是積極的以求美化人生，創造人生。只要把握得住，如夢

的短暫人生就有它永恆的價值。宋儒說「但存得此心長見在，便是學，過去未來事思它則甚」。就是主張把握此時此刻。理學家與儒家都不主張做夢，可是孔子「飯疏食，曲肱而枕之」的自得其樂，與「乘桴浮於海」的境界，未始不是他的夢，朱夫子閒吟「一春隨意住僧房」，也未始不想做個輕鬆的夢呢。

所以我說，人應當多做夢，尤應當正視人生，做一個美好的夢。因為「好夢留人睡」是一種享受，「醉裡挑燈看劍，夢回吹角連營」，更是何等大有為的壯闊境界呢？

家鄉味

龜腳，這是在臺灣無論如何也吃不到的菜。所謂龜腳，並不是真正烏龜的腳，而是屬於蛤類的海產小生物，形狀完全像烏龜的腳。牠前端能開合的硬殼像龜的五隻腳趾，裡面藏的是腮。後半截是青灰色像靴子似的硬皮，包裹著三四分長一段身體。人們吃的就是那一段鮮而嫩的肉，其味遠勝蛤或蝦。我的家鄉（浙江省溫州）的鄰縣瑞安，產龜腳最多。我的姑母嫁在瑞安，所以每年龜腳上市時，她就一大簍一大簍地托人帶來，給父親下酒吟詩。我不許喝酒，更不會吟詩，而龜腳卻大部份是我受用了。

　　炒龜腳最難的是火功，太生了很腥，太老了肉縮成一團不好吃。母親做得最拿手（在我的記憶中，母親做甚麼菜都拿手）。把蔥、薑、蒜頭等切成碎末以後，先起油鍋撥炒龜腳數下，就加入作料和酒。母親手製的黃酒，一噴下鍋就香味四溢，蓋上鍋燜一下就盛起。單是那濃濃的滷汁就可以下三大碗飯。所以逢到姑媽送龜腳來的日子，我總要吃出病來，又得母親為我泡午時茶來消食。

　　母親幾乎長年茹素，可是為了父親和我，不得不大開殺戒。每回炒龜腳，我都守在旁邊看。母親一邊嘴裡喃喃地念往生咒，一邊昇火起油鍋。龜腳「嗞」的一聲倒下鍋，母親連聲念：「阿彌陀佛，罪過死啦。你看看這鍋裡多少生命啊？」我說：「媽媽，你一邊念經一邊炒牠，不是貓哭老鼠嗎？」母親舉起鍋鏟就打過來，罵道：「死丫頭，還說呢，吃是你們吃，孽是我來造。」這時候，父親含著煙管進來了。他笑嘻嘻地說：「不要緊，我作的詩就可以超度牠們。」

　　我不懂爸爸的詩怎麼可以超度龜腳呢？爸爸有兩句詩：「吐化顛僧一杯酒，憐他苦海免輪迴。」他說濟顛和尚吃了有生命的東西，一吐出來就化為白鶴，飛入青雲，不再轉入輪迴的畜牲道了。父親為了口福，都以此詩解嘲。但他晚年體弱多病，也就盡量戒殺，龜腳再也不吃了。

　　說家鄉味，卻說了一樣在臺灣沒法做的菜，想起來的又是相隔幾十年的舊事。那又何必說，何苦想呢？只為的在臺灣多呆一天，鄉愁就重似一天，遙望著「海的那一邊」，焉得不慨然起蓴鱸之思呢？

訪韓記感

一襲韓裝萬里情

　　幼年時，我的叔祖父經商韓國（那時還稱朝鮮），帶回一套韓國童裝送給我。我穿起來在鏡子前面扭來扭去的表演，自以為美麗像戲臺上的公主，高興得甚麼似的。母親卻捨不得讓我一直穿著，只請人為我拍了一張照片，就叫我脫下來待過新年再穿——凡是朋友們送我的新衣服，不論甚麼季節，母親都說過新年時再穿。可是那一年的新年，我們逃難了（好像是孫傳芳的敗兵過境）。回來時，衣服什物一團糟，那套韓國童裝竟就此找不到了。我非常傷心，母親卻安慰我說：「不要心疼，等你長大了自己去韓國買一件。」我當時也曾立了心願，好像要走遍天下似的。此事相隔已數十年，數十年中，人事變遷，那張童裝照片，早已不知去向，我也甚麼地方都沒去過。沒想到最近會有機會去一趟韓國，在那兒穿上韓國服裝，留下紀念照片。

　　當我們到達漢城（編按：首爾舊譯名）的當天，《女苑》雜誌金社長夫人就請了縫衣匠為我們三人仔細地量身材，要給我們每人做一身韓裝。韓裝很費料子，每件要一丈八尺布，我們生怕她太破費了，曾經婉謝過。可是主人堅持要為我們做，好留個永久紀念。盛情難卻，只好接受了。金夫人很細心，她每天觀察我們三人所穿旗袍的顏色，猜想我們的愛好，在最後一天惜別晚會上，她捧給我們每人一個大盒子，裡面是從裡到外的整套韓裝。謝冰瑩先生的是青蓮色的，王蓉子女士的是粉紅色的，我的是藍色的。外加一個精巧的錦緞繡花手提袋。金夫人與女苑社的女同事幫我們穿著。先穿的綢緞花邊長及足背的長褲，其次是腰部打褶的白綢襯裙（這兩件衣服的料子就得兩丈左右）。然後圍上曳地長裙，套上短僅及半胸的圓角大袖上裝。胸前一個金色別針。最別緻的是一雙襯海綿的白綢尖頭襪，和一雙尖頭淺裡藍雲頭花白橡皮鞋。我初穿很不習慣，只覺兩腳發燙，為了主人的美意與禮貌，我一直沒有脫去。陸完貞女士說這是最正統的韓國貴婦裝束，活潑一點的也可上下身配兩種顏色，上身淺，裙子深。在餘興節目中，我們曾穿著韓裝，唱了中國民謠與平劇，真可說是中韓文化之交流了。

　　席散後，金夫人與我們各拍了一張照，又為我們每人

單獨拍一張。這是我一生中最值得紀念的照片，因為我想起了童年時穿韓裝的憨態，也想起了母親的話。

主人說我們穿上韓裝，與韓國人一般無二。尤其是我們微微鞠躬地用韓國話說：「我多麼的高興，謝謝你們！」時，他們全體鼓掌了。

中韓兩國人臉型五官相似，膚色相同，我們穿上韓裝，更是不分彼此。我相信我們兩國間，今後加緊文化交流，友誼益將與日俱增。

主人金社長夫人溫和文雅，待客人摯誠萬分。她可以說是東方女性的典型。現在我正凝視著我們合攝的照片，心中默祝著這位萬里外的韓國友人，幸福健康。

海雲臺的濤聲

「海雲臺」，這名稱多美，它是韓國釜山海濱的一座觀光旅社。我曾飛渡重洋，在那兒過了一夜，僅僅是一夜，誰能相信呢？

那真好像是一場短夢，亦好像是飛飄在我眼前的一個肥皂泡，悠悠忽忽的，轉瞬間就再也捕捉不到了。可是我的心情至今仍搖盪在那短夢中。

一片平坦的沙灘，伸展到海裡。黑黝黝的一片海，更

伸展到無垠之處。夜是靜止的，海浪卻在動，在上弦月淡
淡的光輝下，雪白的浪花一層接一層撲向沙灘。潮濕的海
風吹來，吹得倚在陽臺欄干上的我直打寒噤。可是再冷我
都不會回屋的，因為我愛海，我要像孩子似的盡情編織我
的幻想。更何況我知道與釜山海濱只有一夜的緣份呢。

　　我依稀回到故鄉杭州，回到母校之江大學，倚在女生
宿舍的高樓上，聽錢塘江深夜的濤聲。啊，我的心好寧靜，
卻又好悵惘。

　　「琦君姊，您還沒睡呀？」是隔室陸完貞的聲音。

　　「我一夜都不會睡的。」我回答。「我們去海灘散步
好嗎？」

　　她馬上同意了。我披上毛衣，邀了蓉子，三人一起下
樓，開大門出去，另兩位韓國友人金社長與高主編也在門
外徘徊了。我們五個一同走向海灘。潮濕的沙在腳底下是
軟軟的。我們的腳慢慢地踩下去，慢慢地舉起來。留下深
深淺淺的足印。鞋子裡盡是沙，涼涼的。海風陣陣吹來，
更是涼涼的，但心頭卻感到一份溫暖。此身雖在萬里外的
異國異鄉，而此處對我似曾相識，至少，在夢中我曾到過。

　　走到海邊，我們一起在沙灘坐下來，默默地看著海。
海與天在黑夜中更難分辨，只見一排排海浪，迎面而來，
撲到我們腳跟前，又緩緩地退下去。一次又一次，永無止

息。濤聲予人以無限壯闊悲涼之感。我指著浪潮對韓國友人說：「二十多年前，我時常坐在錢塘江邊聽潮聲，情景與現在依稀相似。所不同的是那兒有漁燈與人語聲，此處卻是靜悄悄一片。」於是我把錢江潮水與伍子胥、文種的傳說故事講給他們聽。完貞說：「這故事太悽涼了，還是唱歌吧。」於是她唱起「阿里郎」來。一直在抽煙無語的金先生也唱了。高先生比較輕鬆，他唱了好幾支民謠。蓉子也唱了。我是最不善於歌唱的人，只在他們悠揚的歌聲中享受那一份無牽無掛的歡樂。金先生遞給我們每人一支煙。五點微小的火星，在無垠的海灘夜空中閃爍。渺小的生命，短暫的人生，在這永無止息的波濤翻滾中，發著光、發著熱。那怕只是一剎那，卻究竟是發過光，發過熱了。看沙灘上的狼藉足印，轉瞬間即被波濤沖洗得無影無蹤，但我們究竟是到這裡了，而且享受了寧靜的海濱之夜，在心頭留下了淡淡的，也是深深的夢痕。

為了第二天四時就得起身上山看日出，我們不得不回到臥室就寢。我想找尋來時的足跡，而足跡已凌亂不可辨認，我的心情也頓時凌亂萬分。我問蓉子，詩人對此情此景，感受如何。她卻忽然喊起來：「糟了，我的房門鑰匙丟在海灘上了，趕緊回去找啊。」於是我們再打回去。我恨不得再在原處坐下，一直守著海上日出，可是任何地點，

終須離去，任何情景，終將變換。留一個模糊的夢境在心頭吧。我呆呆地站著，望著海，金先生再遞給我一支煙時，我搖搖頭說不要了。煙會使我失眠。

　　煙是不會使我失眠的，只是那永夜的濤聲，與朦朧的海濱夜色，使我回屋後輾轉不寐。我想到第二天就要回漢城，再過幾天就要飛回臺灣，我忽然感到此來又是多麼的多餘呢？

異國友情

　　我們到達韓國漢城的金浦機場時，各界歡迎人士如潮水湧來，情緒之熱烈，使我們感動萬分。當時即由能通漢語的權熙哲先生一一為我們介紹。當我的手與歡迎行列中一位女作家相握時，她慈祥的笑容使我心頭泛起一份似曾相識的感覺。她是韓國享盛名逾四十年的老作家朴花城女士。我在去韓以前，就曾聽許世旭先生介紹過她。這次能得見面，內心喜慰，自難言喻。她穿一襲淡藍色的韓裝，長裙拽地，頭髮向後平梳，前襟別一枚白玉胸針。她的臉容與中國的老太太沒有兩樣。但膚色健康，看不出已六十六歲。她含笑與我點頭以後，又介紹旁邊的幾位女作家與我握手。一位是年齡與她相仿的崔貞熙女士，另兩位是年

輕的韓戊淑女士與孫素姬女士，她們都是一律的淺色韓裝，
態度謙沖和藹。我就用剛學會的韓國話和她們說「您好，
好高興見到您」。她們聽了都笑起來，讚美我的韓國話說得
「好」。當我們被擁上汽車時，即由韓女士陪同送我們到韓
國最有古典風味的朝鮮旅社休息。韓女士青春美麗，挽著
高高的髮髻，臉容化裝非常講究。大眼睛，高鼻樑，小嘴
笑起來更揉和了東方與西方的兩種美。她能說流利的英語。
她告訴我們她非常喜歡中國，希望有機會能來華訪問。可
是因為六月份她將代表筆會訪歐洲，並轉美國看她的女兒，
所以十月份我們對她們的邀請，她非常遺憾不能參加了。

　　當晚歡迎酒會即由朴花城女士主席，她態度雍容大方。
代表女苑社向我們致歡迎之意外，更說明兩國的文化與精
神的交流，並不自今日始，我們不必覺得相見恨晚，今後
更須攜手為東方古文化之發揚光大而努力，語意異常懇切。
那晚我穿的是一件淡青色旗袍，韓戊淑女士特地過來和我
握手，讚美我的衣服美麗大方，我也同樣地讚美了她。我
看出她是位熟諳西洋禮節的新女性。在酒會中，我見到韓
國一時的名作家、批評家、畫家、音樂家、記者。但因都
是匆匆一面，且以言語隔閡，未能深談。只有一個綜合的
印象，就是韓國友人無論男女，態度都非常誠懇。對《女
苑》雜誌所翻譯的我國幾位女作家的小說，他（她）們都

曾細細看過。有一位文藝批評家對我說，中韓兩國女性作家的作品有一個共通點，就是非常細膩，並且著重道德觀。這種道德觀是溶化在細膩風趣的格調中而不自覺地提高了讀者的情操。我非常贊同他的說法。他說他很欣賞權熙哲先生所譯我的一篇短篇小說的東方情調，與東方女性的那一份「欲語還休」的愛。我感謝他的讚譽，也增加了我寫小說的信心。

　　女苑社接風的晚宴席上，客人不多，只有權熙哲先生、《女苑》總編輯高廷基先生與陸完貞女士，金社長還是他來臺北時的一貫作風，沉默寡言。金夫人卻是殷殷招待，態度之和藹親切，使人有賓至如歸之感。席間，權先生最活潑，不時的妙語如珠。他說有機會給他表演中國話，真太高興了。他引用了好多中國成語，有的說得恰到好處，有的引用不當，令人噴飯。高主編發表了他對我們初次的印象。說謝先生絕不像六十歲的老作家。在機場興奮的跳起來，更不失女兵本色。他說蓉子是名符其實的女詩人，充滿了詩的氣質。說我的外型與他想像中不一樣，從我寫的東西看來，他以為我應該更「文弱」一些。我想如果我真的弱不禁風，十天的訪問日程完畢，我就得用擔架運回國了。

　　第二天，公報部次長的午宴席上，我們又見到朴花城

女士。她告訴我她早歲畢業於日本某女子大學的英文系，可是因幾十年不用，英文已丟的差不多了。我的英語也並不流利，因此我們彼此只能以簡單的英語交談，總覺詞不達意，未能暢所欲言。幸得在座有一位慶熙大學教授尹永春先生，能說流利國語，為我們翻譯。他告訴我們，朴女士十一歲即開始寫作生活，由韓國元老作家梨光洙先生推薦她於韓國文壇。四十年來她出版過十一部長篇小說，四十餘本短篇小說，在報章雜誌發表不少散文，她一生沒有穿過洋裝，是韓國傳統女性的代表。另一位小說作家崔貞熙女士，她的丈夫金東煥先生是韓國的新詩創始者，可是十五年前韓戰時，被北韓擄去，至今生死不明。最後尹先生自我介紹說，因為他能說中國話，喜歡中國，二次世界大戰時，被日人目為蔣主席的間諜。在日本被囚了十天。所以他與謝先生頗有「同窗」難友之感。因為謝先生年輕時也被日人囚禁過一個月。主人盧次官學過四個月的中國話，能說簡單的國語。所以席間談笑風生，賓主盡歡。韓國菜別有風味，泡菜味尤鮮美。據書籍所載，其泡製方法，還是由中國周朝時傳去的古法。而韓人精益求精，泡菜成了他們餐桌上的特色。韓國地處大陸北方，入冬後氣候奇寒，蔬菜都冰凍得不能生長，所以家家戶戶都趕製大甕大甕的泡菜，埋在地下，只露甕口在外，有如天然冰庫，自

隆冬一直吃到開春。不過我們吃的泡菜，已經不是頭年冬天所泡的了。我吃了很多泡菜，也吃了很多鹹魚，更吃了一大碗的飯，這是我在國內從未有過的好胃口。

　　國際筆會晚宴時，朴女士正坐在我身邊，對面是韓戊淑女士。她以流利英語與我交談，她說她喜歡心理描寫細膩的小說。並喜歡探討人性的弱點。她寫弱點與醜惡面是為了求真，不是惡意的暴露。「因為東方女性的筆觸是溫柔的。」她說。她的兒女都已就讀美國，而她仍美麗如花，看上去像不滿三十的少婦。她能寫一手漂亮的中國字，因她父親通漢學，在她幼年時教了她許多中國詩詞。所以她能讀中國古文，對白話文則較陌生。她親切地喊我姊姊，並在簽名冊上寫了「芝蘭生於幽谷，無人而自芳」二句贈我。叫我也寫兩句成語給她。我寫了「海內存知己，天涯若比鄰」兩句贈她。我深以能結此異國姊妹為榮。坐在一旁的朴花城女士說：「你有了韓國妹妹，我也願意有位中國姪女。」因為她比我大二十歲左右，所以願意做我的阿姨。我立刻喊她阿姨，彼此再握手為禮。第二天我贈她宮燈一對為見面禮，幾天後她又特地趕到旅社，贈我一件細軟的藍色薄紗衣料。她說我贈她宮燈的第二天，正逢她六十六誕辰。文友們都知道她收了中國姪女。名散文家趙敬姬女士還為此寫了一篇報導在雜誌上刊登。所以希望我們今後

能繼續保持聯繫，為真正的好友，其態度之誠懇令人心感萬分。

臨行那天，韓女士趕到旅社，贈我禮物與她的照片一幀以留紀念。我答應回國後一定給她寫信寄照片，朴女士與崔貞熙女士都親送機場，與我們珍重道別。

到機場送行的還有一位崔恩喜女士，她是韓國最早的一位女記者，是李朝皇族的宮廷記者。李朝亡國後，她為《朝鮮日報》記者，但因當時為無政府狀態，深感亡國之痛。她已年逾六旬，兩鬢花白，退休家居，正在寫韓國婦女運動史。頗有白頭宮女，話天寶舊事的感慨。她說寫小說的人多，而寫真史實的卻很少，所以她要把這些史實記載下來。她的《交友半百歲》（即《五十年文壇交遊錄》）正在《女苑》雜誌連載中。在我們致祭韓國革命元老金九先生墓時，她也陪我們同去，告訴我們金九先生靈櫬運回時，她曾一路伴送，如今事隔多年，而記憶猶新，可見這位老記者感慨之深。在機場，她沉默地和我握了下手，望著她蒼蒼的白髮，我在心中默祝她的安康。

使我難以忘懷的還有臨別前夕，女苑社為我們準備的送別晚宴。金社長夫人，帶領著全體女同仁，為我們做最精緻的菜餚。式樣之新穎，色調之美，為前所未見。而那一杯杯的葡萄美酒，伴著滿腔的別緒離情，飲得我陶然欲

醉，也泫然欲泣。這真是千里搭長棚，沒有不散的筵席。
匆匆十日，彼此結下不解的友誼。可是明天又要遠渡重洋，
飛回祖國了。相見時難別亦難，焉得不令人黯然神傷呢。

　　女苑社每位女同事都是溫柔和藹，金夫人贈予我們每
人一襲韓裝，她們都來幫我們穿。我們穿上以後，與金夫
人合攝一幀照片，留作永久紀念。金社長見了我們，讚美
了一聲 Wonderful。他似乎也很興奮，引吭高歌一支民謠，
歌喉非常洪亮。可是我看出他內心也正有無限惜別之情呢。

　　十天中，我們拍了很多有紀念價值的照片。如今整理
照片，我一幕幕的追憶當時情景，猶恍如身在韓國呢。

膽瓶留取漢江春

　　我案頭放著一隻蛋青色的磁花瓶，那是我此次訪韓時，
韓國梨花女子大學校長徐恩淑女士贈予我的禮物。花瓶是
該校女生自己做的手工藝品，精巧、細緻，瓶底刻有
"Korea" 的英文字。想見女孩子們一雙靈巧的手，一顆細
膩的心，和她們在藝術興趣上的培養。我凝視著，撫摸著，
回味參觀梨花女大的種種情景。

　　當我們的車子到達校門前時，那巍偉的校舍，葱蘢的
樹木，與碧綠的草坪，立刻予人以莊嚴而清新蓬勃之感。

這是一座有七十年歷史的最高學府。一共有九個學院，八千餘學生。美國教會於日人統治下，艱苦奮鬥，而至有今日的規模。校園中有一座半身銅像。那是第一任韓人校長金活蘭女士的肖像。她年事已高，現在已經退休，專事著述。現在的校長徐女士，也已兩鬢蒼白，一派學者風度。她用流利的英語向我們致歡迎之意，態度謙沖而親切。

因為時間非常有限，所以不及參觀學校環境，就先參加她們學生會組織的文藝研究班的座談會。女生們活潑誠懇，一個個踴躍發問，她們最感興趣的是中國承受幾千年的文化傳統，如何使它和現代新思潮配合調和。關於這一點，我已有另文記述，這裡不重複了。從她們臉上的表情看來，她們也曾為同樣的問題所困惑過。而從她們活潑的生活方式與對文學藝術的見解看來，她們對於現代文學藝術的接受和調和，似乎已比我們更邁前了一步，這一點是值得我們深思的。可惜時間有限，短短四十分鐘的座談，自不能暢所欲言。會後，她們擁上來要我們簽名留念，有的更要我們留下臺北的地址，這一份友情彌足珍貴。我利用座談會時間，請她們每人在我紀念冊上簽了名。她們寫的都是漢字。姓名形式與我們一般無二。我都不相信當時是置身在一個異國的大學中。

中午參加了她們的午間禮拜，一座可容萬人的大禮堂，

縈繞著莊嚴肅穆的風琴聲。感人的聖樂，使我恍如回到母校的禮堂中，俯首默禱。雖然我至今仍非基督徒，但宗教的莊嚴神聖氣氛，禮拜堂與寺院原是沒有兩樣的。

　　徐校長款待我們的午餐是非常豐盛的，會客室佈置簡潔。地板一塵不染，下面是炕，冬天可以昇火。上面置有軟墊。韓裝裙子大，可以撒開席地而坐。我們穿著旗袍，所以仍坐沙發。席間，徐校長向我們說明韓國的大學，每一個學院都稱為大學，例如文學院稱文學大學，音樂院稱音樂大學。院長稱校長，整個大學稱總大學，校長稱總長。因此漢城市一共就有四十餘個大學，實即各大學總計有四十餘學院。這是與我國大學組織名稱不同之處。但由漢城各大學興盛的情形看來，韓國是個教育非常發達的國家。餐後，我們參觀了校舍的一小部份。她們有一座家庭館，是唯一保持古風的建築。其他都是新式建築。她們的女生宿舍、圖書館、科學館、音樂廳等等設備都非常完善。校園中蒲公英飛舞，宛如江南柳絮，徐校長與謝先生敘齒，她長謝先生四歲，她親切地握著謝先生的手說：「那麼我就喊你妹妹。」妹妹二字，她是學著中文說的。

　　在依依不捨中，我們揮手道別，我至今感到遺憾的是參觀這麼一個名大學，連座談午餐前後只有二小時半的時間。我們不能深入的觀摩，許多問題都不及提出。現在閉

目凝思，只有那四月裡綠意正濃的校園，使我夢憶江南的母校。可是梨花女大是在漢城的漢江附近，而我的母校則在杭州的錢塘江畔。何時歸看浙江潮，尚難預卜。而漢江的風物人情，亦復使人依戀不盡。

現在，時令是炎熱的仲夏。案頭這隻蛋青色的膽瓶，且為我留取漢江春色，以點綴我的斑斕夢痕吧。

賢妻良母的典型

韓國《女苑》月刊金社長去年訪華時，就聽陸完貞女士說，他的夫人對他的事業，協助極多。這次訪韓，親自見到金夫人，接觸到她懇切的神情，謙沖的風範，和對我們無微不至的照拂。更相信金社長能有今日的成功，一半是由於有這一位賢明的內助。

我們初到漢城金浦機場時，金夫人從歡迎行列中上前和我們握手。她衣著樸素，臉上只薄施脂粉，一派高雅風度。她沒有一般新女性所謂睥睨一切的神態，她微微鞠躬地與我們寒暄問好。招呼我們上車，招呼我們到旅舍休息。使初到異國的我，頓時有一份熟悉感與安全感。她平易近人，說話聲音柔和而低沉。她輕聲用簡單的韓語或英語和我們交談，也低低地和丈夫商量事情。眼神中充滿了對丈

夫的體貼與信賴。我想她的這一份深情似海的愛，正是金社長倡導婦女文藝，和創辦《女苑》雜誌的最大動力吧。

完貞告訴我說，為了創辦《女苑》雜誌，他們曾經過一段極艱苦的時期。他們典當了全部財產，甚至賣去桌椅板凳等起碼用具，為了要獨力支撐他們的雜誌，因為他們沒有接受政府一分一厘的補助。一份雜誌，支撐三年五載，把預算賠完，往往就關門大吉。能咬緊牙根憑一股傻勁支撐下去的，非得有過人的毅力。何況他們賠完了全部財產，連生活都幾乎成問題。在這種情形之下，一般做妻子的，多多少少會埋怨丈夫大傻瓜，勸他趕緊「懸崖勒馬」。可是具有卓見的金夫人，一點也不氣餒。她鼓勵丈夫再接再厲，繼續努力。這種精神，感動了他們的朋友們，都紛紛給與他們協助。他們終於度過最艱難困苦的時期。如今他們的雜誌已經創辦十週年，奠定了雄厚的基礎，銷行十萬份左右，讀者將近五十萬。而金夫人的深明大義，和她的偉大抱負與犧牲精神，正是他們成功的主要因素。

使我難忘的是金夫人待客的親切熱誠。當我們在祕苑野餐時，她就像蜜蜂似的忙碌著。為我們分配好一份份豐盛的便當，端來一杯杯可口可樂，最後還有草莓、細點、糖菓和蘋菓。我們邊吃邊談，邊欣賞風景。她卻忙個不停，沒有時間坐下來吃一點點東西。金社長呢？坐在那兒，一

派男人風度，埋頭苦吃以外，還不時吩咐她做這樣那樣。我當時心裡想，她真是位了不起的女性。

在最後一天惜別晚會上，金社長閤第參加。男孩子和金社長一樣高，已經大學畢業。大女兒在梨花女大念書，二女三女都已分別念高初中。個個活潑誠懇，樸素大方。看出這位慈愛的母親教育兒女的成功。在餘興節目中，他們每人都唱了一支歌，金夫人也唱了一支民謠。歌喉非常明亮而婉轉。晚餐的菜餚極為豐盛，都是金夫人親自領導著女苑社同仁們一起做的。那是一席典型的韓國菜。精巧、別緻。到今天仍覺餘香在口，永不忘懷。因為金夫人至誠的款待裡，包含了無限異國的友情。

機場送別，我登機前，金夫人雙手捧著我的手，懇切地說：「一路保重，希望能再見你。」再見的後約是何等渺茫？她何時來臺灣？我又何緣再去韓國？在韓十日，承受她的友情太多，我望著她沉靜的儀容，不由得眼睛潤濕了。

東方女性的美德是溫柔、體貼、勤儉、犧牲。而接受西方文化洗禮以後，更有一份活潑大方。金夫人可說是融合了新舊女性的美德。她，真夠得上是一位東方賢妻良母的典型。

華克山莊之夜

　　訪韓的第八天，我下午參觀了漢城模範監獄回到旅社，正打算洗去滿身的灰土，好好休息一下。女苑社的高主編卻告訴我說，趕緊上車，我們被邀請到一個最豪華的旅社去，到那兒再休息，於是我就被趕上車了。謝先生與蓉子已坐在車裡。謝先生的臉蒼白得像要病倒的樣子，頭上包塊藍紗巾。靠在座位上一言不發。蓉子也是一身縐兮兮的舊旗袍。臉上油光光的，脂粉早褪完了。原來在我訪監獄時，她們被記者與僑生包圍了整一下午，「疲勞詢問」得精疲力竭了。我呢，也是四肢乏力，眼皮都抬不起來。心想幸得馬上到一個幽靜的好地方去，可以舒舒服服地休息一下了。

　　我們要去的是韓國最出名的觀光旅社華克山莊(Walker Hill Resort)。也是遠東最豪華的觀光旅社之一。車子到達山莊門口，就看見噴水池中五彩燈光照著細碎的水珠，灑落在石膏美人像上。我頓覺自己這滿身的塵土，真不宜於走進這一座豪華的旅社，但還滿心以為可以直接到房間裡沖洗一番呢，沒想到不由分說地已被推進一間大餐廳。女主人和幾位她特約的貴賓早已在等待我們了。謝先

生趕緊取下頭上的紗巾，用手攏了下清湯掛麵的頭髮。蓉子與我偷偷地取出粉紙在黑暗中抹去鼻子上的油。可是已經來不及了。當我們被介紹時，記者們的閃光燈齊集在我們身上，這三個來自自由中國的「胎生」「女流」，一副衣履不整的窘迫相已一起被攝入鏡頭（「胎生」即韓語「出生」之意。「女流」即女性，他們對我們的介紹，就是某地胎生的女流作家）。我們埋怨高主編何以不事先告訴我們。可是他說不要緊，照相照不出衣服上的灰塵的。女主人是山莊主人吳景材夫人，她是梨花女子大學音樂院的教授，能說流利英語。她請的兩位客人都是從小生長在中國的山東省。一位金女士也是梨花女大教授，說的竟是一口的山東話。如果不是穿韓裝，你不會相信她是韓國人。一位孫女士則說的標準國語，她是外交官兼教授的夫人。穿洋裝，神情體態，看去完全是中國人。她們一連串說了許多中國話，使我們驚奇萬分。她們說太久沒有機會說第二故鄉的中國話了，這一下遇見了「老鄉」，簡直是太興奮了。金女士說：「啊呀，我真想山東的老家呀，今天聽說有中國的朋友來了，我就趕緊要見見。」她們的親切熱情，真令人有「他鄉遇故知」之感。

　　主人真是週到，特地吩咐樂隊為我們奏一曲「夜來香」的中國歌以表歡迎之意。在進餐中，歌舞開始了。節目豐

富，換場又快。有洋化了的韓國古裝舞，有短話劇，有特技表演，更有最新式的脫衣舞。那個自動昇降的圓轉臺，一會兒從地面隱下去，燈光也暗下去，轉瞬間已換了一場，在絢燦的燈光中像一朵花菇似地昇上來，美女如雲，這種設備是臺灣的觀光旅社及劇場中還沒見到的，真可說目迷五色，應接不暇。而演到最「精彩」處，謝先生把頭轉開「不忍卒睹」了。其實她們全體都是女演員，但我們這些較保守的「女流」，與男士們同座欣賞太「現代」的舞蹈，心裡總有點侷促不安。最有意思的是我們那天早上剛剛參觀了最道統的孔廟，觀摩了最古典的樂器。晚上再來觀賞最新式的歌舞，真可說耳目一新。在前幾天裡，我們還參觀了他們的國樂學院，那是韓國公報部新聞局主辦的音樂學院。有二百餘名男女學生，他（她）們表演時穿的是唐宋古裝，樂器是笙、箏、簫、笛、胡琴等等，他們為我們演奏了新娘舞、鳳雀舞、鼓舞、劍舞等等，音樂之悠揚，舞姿之美妙，使我們深深領略到東方古代音樂與舞蹈的精神。韓國正和我們一樣，極力保存而且發揚傳統的固有文化，同時也充份吸收了最新的現代文明。

　　宴會散後，我們回到寢室，設備真是太舒適了。躺在席蒙絲床上，可以從落地玻璃窗外，望見山莊夜景。

　　華克山莊是為紀念韓戰時聯軍將領華克將軍的陣亡而

命名的。它建於一九六三年的四月，當時因為駐韓的聯軍找不到娛樂場所，都跑到日本或香港渡假。使日本發了一筆意外之財，而韓國卻坐失吸收外匯的機會。於是韓國政府趕建了這座應有盡有的豪華山莊。落成之日，化了大本錢請好萊塢大明星來舉行開幕剪綵。但是時至今日，前來觀光住宿的美軍或外賓並不踴躍，因此還是賠錢的。可見和尚是遠來的會燒香，好風景也要離得越遠越希罕。在韓國的人希望跑東京或香港，在臺灣的又希望到箱根熱海或華克山莊。像我們，對於圓山飯店臺中或日月潭教師會館，也似乎覺得平淡無奇了。其實華克山莊的設計非常好，建築極為新穎華麗。它位於漢江邊的一個山坡上，可以鳥瞰漢江與全城。它一共有五幢新式的旅社，每幢有不同的形式，與不同的名稱。我們住的那幢叫道格拉斯屋 (Douglas House)。這三層的建築有七個套房，四個雙人房，三十一個單人房。設備完美，有餐廳、遊藝室、保齡球場、室內游泳池、俱樂部等等。可惜的是我們晚會散得很晚，第二天一早又得走，所以沒有機會參觀。更可惜的是在山莊正門前華麗的噴水池邊徜徉時，連一張照片都沒有留下來。因我們都沒帶相機，而專為我們拍照的先生又不在場。我想人生如雪泥鴻爪，到處留痕，真正說起來，這些爪痕卻又是飄忽得無影無蹤。我們飛越重洋，不遠千里來到此處，

卻是蜻蜓點水似的，匆匆度過一夜，又匆匆離去。這一去，今生也不見得再有機會舊地重遊了。我徘徊池畔，望著悠悠逝水，走上斜坡，俯仰於青山白雲之間，不禁興起無限感慨。伸手採一朵野草花，夾入小冊子裡，如今這枝花早已枯乾了，華克山莊的景物也將在我印象中漸漸褪去，淡去。這樣才好，不然的話，人生的惆悵感觸也太多了。

歸途中，謝先生告訴我說：「你們這兩個瞌睡蟲呀，錯過了看日出的機會，我在四點起來，靠在陽臺上看了日出呢，真美。」我又不由得埋怨她不叫醒我。在釜山海雲臺旅社，起了個大早，趕到吐含山，也沒痛快地看到日出。這次不須走一步路，甚至可以躺在床上看窗外的初陽上昇，我又錯過了。我怎麼與日出如此緣慳，心裡感到非常懊喪。謝先生說：「不要難過，等回大陸，登泰山觀日出去，那才是真正的過癮呢。」

對了，等回大陸，登泰山觀日出吧。人的一生中，也不知錯過多少良辰美景，錯過多少名山勝跡，可見尋幽探勝，也是一種機緣，無可強求。所以我只好懸一份美麗的希望於未來。那怕希望近乎幻想也好，因為人若沒有一點希望，活著也就太乏味了。

我總覺得這次訪韓，匆匆十日，走馬燈似的一切都只是浮光掠影。美麗的情景，像五彩繽紛的肥皂泡似的，大

大小小，一個個在我眼前飄浮而過，又一個個破碎了，消失了。印象依稀，留下的只是心頭無限的悵惘。

舊傳統與新潮流

在漢城，無論是大學的座談會上，或記者的訪問中，他（她）們最感興趣的是舊傳統與新潮流的問題。在梨花女子大學座談會上，女生們問：「中國承受了幾千年的文化傳統，如今又接受了現代文明，你們是守住舊傳統不放呢？還是已經擺脫了它的束縛。」謝冰瑩先生回答她們說：「傳統就像你們國內源遠流長的漢江或洛東江，我們能飲今天江中的水，必須飲水思源。長江大河是由涓滴而來的。而一路上必定加入些新的支流，也沉澱了些舊的渣滓，江水才能保持清澈。那就是說，傳統是一國文化進步的過程，是一種苟日新，日日新，又日新的過程。我們並不感到現代文明與舊傳統有什麼衝突之處，相反地，我們調和得很好。以生活方式舉例來說，父母，媒妁之言是舊的婚姻方式，我們早就揚棄了。婚姻必須基於雙方深切的認識與真摯的愛情。但過份『現代』的好萊塢式的今天結婚，明天離婚，卻為我們所不取。相信貴國一定也是同樣的情形。」

問起中國傳統文學的變遷，因時間有限，不能詳細說

明，我只對她們舉例說：「中國民族最早發源於北方的黃河流域，文學產品是《詩經》，《詩經》發揮北方民族豪邁爽直的性格，反映了當時的政治與社會情形。但是人類文明日益進步，社會關係日益複雜，思想也日益豐富，南方長江流域的奇麗山水更啟發了他們綺麗的想像。因此《詩經》簡短的句法與率直的表達方式，已不足以發揮他們的思想與感情，於是楚辭就自然而然的產生了。楚辭對《詩經》來說是一種新詩體，但它裡面有《詩經》的舊精神，卻用新的句法、新的技巧，描繪南方人多彩多姿的生活，纏綿悱惻的感情。我們欣賞楚辭，卻必須先了解《詩經》，《詩經》之後有楚辭，就如荷馬史詩之後有但丁《神曲》。在文學史上都有其不朽的地位。卻是傳統文學的變遷。又如唐末的律絕，由登峰造極而盛極轉衰，且當時胡樂輸入，民謠興盛，詩人們乃混和了時代的新精神，產生了長短句的詞。詞對詩來說，又是一種新詩體。但詞到今天，又成為舊傳統文學的表現方式了。但我們是不是丟棄它，不再欣賞研究它呢？不，我們是份外寶愛這一份文學上的遺產，而使它能與新的現代文學融合，吸收它的精華，灌注入新文學之中。」我以杜甫的兩句詩作結：「不薄今人愛古人，清詞麗句必為鄰。」

　　談到中國現代文學發展的情形，蓉子作了精湛而詳盡

的報告。她說傳統文學如能好好利用，就是一筆最好的遺產，如受它拘束，就變成了沉重的負擔。她做比喻說：「現代文學像是國外移植來的一朵美麗花朵，我們不能只把它插在瓶中，讓它枯萎，我們一定得把它深深種入我們自己的地土中，使它吸收我們自己地土的營養，成為一朵真正中國的奇花。」至此，謝先生更補充說：「世界上沒有新舊之別，只有好壞之分。是好的，無論是舊的新的，都要保存，是壞的，無論舊的新的都要捨棄。」

　　在成均館大學的座談會上，謝先生對今日臺灣文壇，蓉子對臺灣新詩壇有條理的報導以後，他們也提到同樣的問題。我即以孔廟庭院中一株有五百餘年歷史的銀杏樹為喻。這株蒼老的樹幹，正是幾千年文化傳統的象徵。它吸收地下豐富的營養，也吸收最新鮮的雨露陽光，樹頂每天生長出青翠的嫩葉，而嫩葉是附著於蒼老的樹幹上的。足見新思潮與舊傳統原為一脈相承，而不是背道而馳的。我不知道這個比喻是否恰當，但我至少知道他們是如何珍惜舊傳統的。因為成均館大學有六百多年的歷史，老教授們每位都是國學專家。想見他們是如何地為發揚東方數千年的文化而努力。望著他們皤然的白髮，再聽他們切合時弊的諧詼言談，不由人不肅然起敬。我想年輕的一代，由於他們的指引與鼓勵，必定能繼起努力，東方數千年的傳統

文化，是可以垂之不朽的。

在朝鮮旅舍的休息室中，有一位記者笑著問我：「看你的樣子，好像頗帶有東方傳統的氣質，你認為，傳統與現代的生活方式應當怎樣調和？」我想了想說：「舉個例子來說吧，信是中國傳統舊道德，孔子說：『自古皆有死，民無信不立。』信也是亙古長新，放之四海而皆準的新道德標準。對歐美人來說，你罵他醜陋、愚笨都不會太生氣，罵他沒有信用就是莫大侮辱。再說中國人最重視孝道，現在雖已進入工業社會的小家庭制度，但子女對父母的孝敬不衰，這與美國人比，父母親年紀老了進養老院大不相同。中國留學生在國外，對於居停老太太的敬愛協助，使她們深深感到中國究竟是有舊道德傳統的國家。子女對雙親的孝，年輕人對老年人的敬愛，就是舊傳統精神溶入新生活方式中的最好例子。」

他點頭表示同意。

總之，我們在那兒，與他們交談，彼此交換意見，都感到非常融洽，言語上雖需藉翻譯或英文溝通，思想上卻毫無隔閡。因為我們同是東方民族，承受了同一種傳統文化。從雙方愉快的笑容中，可以體會到我們相互的了解與關切。

慶州佛國寺與新羅遺跡

　　慶州佛國寺是韓國的佛教聖地，也是世界名勝之一。我在大陸時，連距離故鄉咫尺之遙的普陀山都沒去過，此次能遠越重洋，到了韓國的慶州，向千餘年前的古佛頂禮膜拜，也不能不算償平生之願於萬一了。

　　遊覽佛國寺，第一不可錯過吐含山的日出。因為在吐含山麓，就是佛國寺最著名的勝景之一石窟庵。庵中的釋迦如來雕像，是新羅時代遺留至今最完整、最精華的藝術品。佛像面向東方，正對著冉冉上升的晨曦。據韓國的傳統，一年中某一天，早晨的第一道陽光，正射在佛像的前額正中，整個頭部就發出閃爍的金光，蔚為奇觀。這一天，有的說是十二月二十五日，有的說是一月下旬的某一天。但不知從何時開始，這第一道光永遠不再照到佛像額上了。因為佛像前額正中原來有一顆寶珠，這顆寶珠忽然被竊了，光也就沒有了，這不知是多少年前的事了。若是真的，則勝景被無知者所破壞，實在是件很可惜的事。

　　我們住在佛國寺觀光旅社，清晨四時起床，坐汽車數十分鐘到達海拔僅七百公尺的吐含山。山中霧氛正濃，東方已泛起微紅。我目不轉瞬地凝望著，守著那射進眼簾的

第一道光芒，可是因那天氣候不好，等厚厚的雲層由暗紫轉為金紅時，太陽已經從雲隙中露出半片像女性緊抿的嘴唇，一會兒又隱沒了。不及一分鐘，它已經昇得很高，雲層沉在下面，霧氣散去，金紅的光也淡去了。我並沒有攝取到日出一剎那間瑰麗的奇景，心中不免悵然。因為我是抱著非常大的希望來的。想起在中學時，一天與同學們起個大早，爬上初陽臺（在杭州的秦望山）看日出，沒想到陰沉沉的東方，一點太陽的影子都沒見到。歸途中還下起大雨來，淋得一身落湯雞。那是我第一次想看日出而未如願。到臺灣後，有一年與朋友約好上阿里山觀日出，又因要事而作罷。這一次呢？太陽雖看到了，卻又未見萬丈光芒。足見尋幽探勝，也和一飲一啄一樣，都由天定而不可強求。若以佛教哲理說，一切都屬緣份。登泰山觀日出，我縱有此壯志，想亦無此緣份。所以遊山玩水，也只得隨緣隨份，能玩到那兒就是那兒，也就心安理得了。比如我這次能到此佛教聖地，瞻仰如來古佛，就算有緣份，在我一生中，也就是一件值得紀念的事了。

　　太陽昇高以後，我們就到石窟庵去參拜釋迦如來像。那兒距日出亭尚有一段路，步行十餘分鐘到達。庵前一片平臺，擺著幾處賣土產與風景片的小攤，女孩子們穿著新羅時代的裝束，在招徠顧客，看去很別緻。那時是農曆四

月，正是韓國的春遊季節，所以遊人擁擠。有各校來遠足的學生，有本地專誠來拜佛的信徒。小小的一座石窟庵，擁擠得無插身之處。遊客們進庵時必須脫去鞋子，換上拖鞋邁進高高的門檻。而拖鞋有限，剛進去便被催促著出來。我只抬頭匆匆望了下蓮花座上莊嚴的如來佛。這尊雕像是一千二百年前新羅第三十五代皇帝的宰相金大成所設計。全部花崗岩雕刻。線條在柔和中透著一份力，面部神情慈祥而生動。週圍有許多花崗岩蠟臺，也都刻有小佛像。四壁佛像浮雕甚多。每一尊都有不同的神態。其中一尊文殊菩薩七面像，雕刻尤為精巧。進門處是兩尊金剛石刻，與我國寺廟大殿門口的四大金剛一樣。我擠在人群中，以寧靜的心向佛像合掌而拜。我在追念著千餘年前的藝術家與佛教徒雕塑佛像時那一片虔誠的心。我也冥想著千餘年來有多少癡情兒女，為了他們海枯石爛的愛，來到此處，仰望如來佛像以印證他們終古不移的心。世事變幻無常，唯有藝術、宗教、愛情，亙古長新。試看成千成萬的遊人，匆匆的來，又匆匆地走了，石窟庵留下恆河沙數的足跡，而這些足跡卻又無影無蹤。芸芸眾生，在患難歡樂中生長，又在患難歡樂中死去，生命在這尊花崗岩古佛前顯得多麼渺小而短暫。我是遠從臺灣來的，今天站在石窟庵中，明年此時又在何處。誰又能把握自己的行跡遊蹤。而明年、

後年，乃至數十百年、數千年，在無始無終的渾然宇宙中，
則尚不及彈指之間，那麼渺小與偉大，短暫與永恆，也就
沒有什麼分別了。

　　走出石窟庵，我在下面的淨水池中喝了幾口清泉。不
說什麼卻病延年，長生不老，單只這弱水三千中的一瓢飲，
已覺涼沁心脾，滌盡塵世的憂患，也使我領悟很多很多。
我更想起幼年時母親每天清晨在佛前端給我一盞淨水。耳
邊彷彿又聽見她慈愛的聲音：「每天喝一杯淨水，保祐你福
慧雙修，一帆風順。」人生那得福慧雙修？一帆風順，亦
何能強求。而順逆的境界，就如吐含山的初陽與霧氛，瞬
息萬變。佛說境由心造，但修得此心似淨水，便算是真正
的福慧，也就不負似海親恩了。

　　從吐含山回來，就遊佛國寺，佛國寺為新羅法興王太
后為保存佛教遺跡而建，正如海印寺為保存八萬《大藏經》
而建。二百年後的景德王予以重修。本來有七十餘寺院，
象徵西方七十極樂世界。但在李朝宣祖大王時，被倭寇焚
毀。現在的寺院係後來重建，已不完整了。寺的大庭院中，
兀立著兩座花崗岩石塔。一座名多寶塔，是景德王所建，
建築極為精巧華麗，是新羅時代最典型的建築物。與它成
對比的是另一座釋迦塔。僅僅四層，方方正正的，石上沒
有花紋雕刻，呈現著一份單純樸素的美。釋迦塔又名無影

塔，其中有一段悲傷的傳說故事。當年造塔工人離家去慶州時，對他的妻子說：「塔造好時，我們家後院池塘中會出現塔的影子，那時我就回來了。」可是他妻子等他一年又一年，直到十多年，池中始終沒有出現塔影。她憂焦萬分，就跋涉到慶州去找丈夫。到了佛國寺，看見寺中有一個池。她想一定可在池中看見塔的影子了，她望著望著，還是沒有。路人告訴她「你的丈夫早已死了，塔也永遠造不成了」。她傷心到極點，就投入池中自殺殉情了。可是她死後不久，她丈夫來了，原來他並沒有死，塔也剛剛完工。可是當他知道妻子為等待他失望而自殺時，他在池邊跪下來祝禱，眼淚紛紛落在池水中，池中的塔影就此隱沒，永不再出現了。因此，這個池中只有多寶塔的影子而無釋迦塔影子了。

另外還有一座舍利子塔。據說新羅某一代皇帝剃度為僧，皇后也出家為尼，住此寺中虔誠修行。圓寂後焚化有舍利子，乃為建此塔供奉。用的是海泡石。是世界藝術品之一。但唯一的特點是塔亭是日式而非新羅時代建築，其中也有一段掌故。原來倭寇侵佔李朝以後，見此塔幽美，竟將它整個運回日本，在私人宅第中依式重建。可是不久住宅主人就病了，把它移到另一家，另一家的主人又病了。有一位富翁乃以他全部財產，把舍利子送回高麗，重建塔

亭，所以是日式的。法師說這是一段最可靠的真實故事，
與前面所說的無影塔故事，都記載在《佛國寺祕話》一
書中。

在大殿前面，臺坩分兩層拾級而上，上層名青雲橋，
下層名白雲橋。它們是新羅時代最精美莊嚴的建築物之一。
據說橋架一直搭不起來，後來把吐含山南邊的山腳移來，
墊在橋下，橋才告成功，這當然是傳說。我們穿了新羅時
代的服裝，在橋上拍了幾張照。人總有追慕遙遠人物的心
情。與現世距離越遠，心也越輕鬆愉快。我們暫時躲開都
市文明，來到清幽的古剎，面對歷史古跡，心境也昇到了
上可以接古人，下可以迎來者的程度。何況宗教、文學、
藝術，揉合了古往今來，也穿越了時空界限。李白有兩句
詩說：「今人不見古時月，今月曾經照古人。」這位灑脫的
詩仙，對著日月星辰，猶不免今昔的感慨，我現在穿了千
餘年前新羅皇后的服裝，竚立於青雲橋上，倒自覺有凌虛
御風，飄飄欲仙之慨呢。

在慶州郊外的國立博物館中，給我印象最深刻的是一
座佛教徒異次頓的供養塔。塔正中六角形石柱上，刻著異
次頓殉道圖。頭落在地上，鮮血自頸間噴射而出，看去逼
真而恐怖。異次頓是新羅法興王時的佛教徒，當時被人目
以邪教而處死。可是由於他的犧牲，百姓們感動了，就在

他殉難處建塔供養。這也與耶穌釘死十字架具有同樣意義。可見一種宗教要奠定基礎必須要有偉大的聖者為真理犧牲生命的。

更有一口聖德大王神鐘，也傳下一段悲慘的故事。這口鐘厚八寸，據說以手掌撫摸，即發出悲傷的聲音，喊著阿彌拉（韓語媽媽之意）。因當時鑄鐘歷時甚久不成，工人說必須以幼童鮮血塗抹鐘上，才可成功。可是誰也捨不得自己的孩子，工人乃於深夜捉到一個孩子殺了塗鐘，天亮後一看，原來是自己的孩子。他媽媽一路悲啼，用手撫鐘，慘呼孩子的名字，鐘立刻發出阿彌拉的悲音。但據史實記載並無此事，這是新羅三十三代聖德大王去世時，其子孝成大王為追悼父親而鑄，但直到下一代慕王時才告成功。那時正當中國唐大曆六年。我們不必追究這些傳說的真實性，名勝古跡如無傳說點染，也不會博得如許遊人的憑弔嘆息了。我以手撫鐘，真好像碰到了那可憐孩子的血跡似的，不由得心悸。導遊為我們擊了三下鐘，鐘聲真個的低沉而哀傷。他們說，敲一下鐘，你心頭的鬱悶就可隨抑揚鐘聲而遠去了。

離慶州不遠，有一座新羅修道院，為紀元六三四年善德女皇所建。寺內有三層石塔。新羅二十七代善德女皇的飾物都埋在裡面，現都已取出陳列於博物館中。據說砌塔

的海泡石是老百姓排著長龍到東海濱，一手交一手直接由東海運來的。可見他們當時皇朝的窮奢極慾，亦不亞於我國的秦始皇與隋煬帝。

此外鮑石亭也是個值得憑弔之處，又是慶州釜山之間著名古跡之一。亭中央是一塊平坦的鮑魚形石頭，繞周圍曲折成溝。新羅的景哀王與群臣及後宮嬪妃在此宴歡，溝中貯酒，置杯酒上，順溝漂流，群臣取杯飲酒賦詩，有如中國古代的修禊。可是有一次百濟軍自南山殺來，君臣全體為戮，溝中的酒都變成了鮮血。這又是高麗歷史上悲慘的故事。

現在，讓我來記一段關於新羅皇朝始祖的有趣掌故，來為本文作結。新羅原始沒有皇帝，只有六部村長共同議事。有一次，他們忽見白馬從天而降，長鳴不已。六部大臣奇而追跡尋覓，在一口井中發見了一個大瓢，瓢中躺著一個嬰兒，他們把他抱出來，撫養長大，因他聰明有才略，乃立他為新羅第一代皇帝。因為是從瓢中抱出的，故姓瓢，即後來的朴姓，這口井因名為羅井。井邊崇聖閣中有始祖碑石，永崇門為始祖祠堂。每年朴姓百姓都來此致祭他們的祖先。

以上是我訪韓時，遊南部所獲印象，遊覽古跡，觀摩文物，使我感到悠悠數千年的人類歷史，只是智慧與愚昧

的循環替代。子孫們承受了祖先智慧的遺產，卻常常留給下一代以愚昧行為的記載。時至今日，這種循環，仍未能止息。如果智慧可以戰勝愚昧的話，人類文明的進度，當尚不止於今日的程度吧。

漢城模範監獄

到漢城的第六天，由主人安排了兩小時的時間，參觀他們的監獄。來回路程去了一小時半，只有短短半小時的參觀，所以非常匆忙，許多地方來不及看，許多問題來不及問，現在只就我所看到的，作個簡單的報導。

韓國所有的監獄都稱為矯導所，教誨師稱導師，受刑人稱矯導生。每個城市都有矯導所，而以漢城的規模最大，設備最完全，最進步。是唯一的模範監獄，也是唯一公開可以參觀的監獄。這個監獄，在一九六二年七月才開始新式建設，到現在計劃才完成一半。他們矯導的原則是民主化，社會化。對矯導生絕對不用壓力，不用械具，盡量提高他們的自尊心，尊重他們的人格，充份發揮了自由民主的精神。

他們的行刑政策採取信任制，分三個階段，即監內信任、監外信任與社會信任。配合著矯導生在監的行為和他

們悔悔的程度逐步實施。矯導生分三級，初進監時是第三級稱反省組，約等於我國的三、四兩級，即剛入監的受刑人，每日由導師加以個別教導，使他們多多反省。這時候，所施行的就是監內信任。他們互選自治員，組織自治會，從事一切自治活動，每週導師作心得報告。於是我也將我國獄政情形向典獄長作一番介紹。他聽了很高興，認為我們東方民族的仁愛精神，實遠勝歐美各國。第二級是善行組，就可採取監外信任了。受刑人離監二十里工作，不必管理員看管。下午六時回監點名，進餐，就寢。監房的建築與我國大同小異，唯二級以上受刑人僅總門加鎖，裡面的個別監房不加鎖，使他們感覺這是寢室不是「牢房」。而人犯從無「鬧籠子」情形，足見他們的守法精神。到了第一級再建組，矯導工作（即教化教育）可說已收到最大效果。矯導生由矯導長與導師的介紹，到各商店或工廠工作，四小時後回所。社會人士對他們沒有歧視，所以叫做社會信任。如果他們的行為確實善良，他們就可提前離所，有如我們的假釋制度。

受刑人如患重病，獄醫如認有進醫院治療必要，就由監逕送醫院，通知家屬前往看護，不必經由家屬的申請，在醫院治療時期稱為刑期終止，病愈回監後再起算。

他們的監獄沒有圍牆，最大的特點是他們看守瞭望臺

的不是管理員而是受刑人。這一點可說是信任精神的最高
度發揮。我問他有沒有脫逃過人犯，他說三年中曾脫逃過
兩個人犯，過後都自動投案了。

他們的工場和我們的一樣，有木工、印刷、水泥、鐵
工、洋裁等等，他們計劃中有二十個工場，因經濟困難，
至今尚未完成。漢城監獄一共有一千五百名人犯，刑期自
六個月至十年不等。他們的書信不必經過檢查，家族可隨
時接見，不受時間限制。每人每週必須理髮一次。監房一
級的二人一間，二級的四人一間，上下舖木床，水泥磨沙
地，衛生設備在另一個套間，也有冷熱水。監房大門上寫
有兩行字，翻譯告訴我是「罪雖可惡，能改最美」，正是
「過而能改善莫大焉」的意思。

參觀完畢以後，我萬分欣慰地告訴典獄長，中韓兩國
文化同源，在行刑政策方面，同以「克己復禮」「反身而
誠」的儒家傳統精神，配合上民主法治，在感化教育上已
收到顯著的效果。

三十八度線

板門店，這一個人類上演歷史性悲劇的場所，如今卻
成了韓國的外來觀光客必須去開開眼界的地方。我們訪韓

時，也不能例外地到了那兒。上午九時半，我們搭旅行車從漢城出發，十一時半到達。一路上，經過的是整片被荒蕪了的土地。稀稀落落的樹木，與叢生的雜草中，不時有野鶴盤旋棲息其間。鶴是一種富於詩情畫意而且象徵和平的鳥，可是卻飛翔在此人為的和平界線上，首先就給予人們一個極大的諷刺。車子過了緩衝地區的界線，左邊就是和平村。這裡不是永無戰爭的世外桃源，也不是繁榮富庶的自由樂土，這兒只是一片荒涼寂寞的地帶，零零落落地散佈著幾幢木屋與草舍。苦守在這兒的韓國老百姓，糧食與日用品都賴聯軍與韓國政府軍補給。可是為了象徵和平，也為了爭取最後的和平，他們寧願在此荒涼地土上困苦地生活下去。

　　我們先到駐防聯軍的餐室用餐，因那天正值板門店雙方的會議期，所以要等十二時後方可參觀，導遊的美軍先按地圖對我們講解一番，提醒我們第一要注意的是房子的顏色，聯軍房子漆的是藍色，北韓房子漆的是綠色。千萬不可走錯門。你若脫離隊伍，自己亂竄，記錯了顏色跑錯了門，對不起，你就被拉進匪區，永不得回頭了。更有一樣要記住的，就是停戰會聯軍的臂章是黃色，北韓匪軍是大紅色。千萬不可理睬他們。可憎的大紅色，和那一副副可憎的獰猙的面目，我一見到他們就把臉轉開了。因為我

想起了大陸共匪的暴行，想起十餘年來對大陸故鄉親友的魂牽夢縈，如今面對著這些擾亂世界和平，製造人間慘劇的匪徒，心頭的憤恨就像火似的燃燒起來。可是我們不能拔劍手刃他們，駐防的聯軍也不能手刃他們。為了維護和平，聯軍和大韓民國的軍隊，朝夕與北韓匪軍面面相對，防守著這道三十八度線。直到今天為止，韓國仍在戰時狀態中。因為和約並未簽訂，只在三十八度線上作暫時的休戰，但卻是歷史上最長的休戰。事實上，我們不幻想什麼和約的簽訂，與匪徒們沒有和平可談，越南的戰爭就是一個例子。唯一的和平之路就是消滅三十八度線，使大韓民國成為一個完整統一的自由民主國家。正如我們，自由中國必須反攻大陸，收復山河，世界真正的和平方能實現。

　　引路的美軍帶領我們參觀了一幢幢矮矮的藍色房子。當我走進一間值勤室 (Joint Duty House) 時，美軍指指天花板上一道黃線說，「這就是三十八度線。」我發現自己的腳步已跨越了三十八度線。原來雙方所有房子，是坐落在三十八度線上，所以聯軍的房子有一半佔據了北韓的地土，北韓的也一半佔據了南韓的地土，這真是一種令人啼笑皆非的線。究竟是和平還是戰爭，是守約還是挑釁，我不禁茫然了。正面的會議室是雙方共同的。中間一張圓形大會議桌，桌中央兩架麥克風，兩邊是聯軍與北韓的兩面旗子。

北韓的旗桿比聯軍的高出一寸，本來兩根是一樣高的，可是北韓偷偷把它加高一寸，聯軍發現了也加高一寸，他們看了又再加高，聯軍沒有元氣和他們比高矮，只好一笑置之，不理他們了。在這些極小的事情上，都可看出他們行為的幼稚與詭詐。整個屋子的裝備都是聯軍的，只有北韓一架麥克風是他們自己的。因此他們說聯軍的麥克風是從日本偷的。開會時間長短不一定，如沒意外事故發生，雙方例行的一碰頭，三分鐘就結束了，如有像飛機擊落等事件發生，那就得爭辯很久了。

會議桌擺在三十八度線上，在不開會的時候，參觀人士可以走過三十八度線，也可以坐在他們的座位上。我站在線的那一邊，感慨萬千。這一條自由與奴役、光明與黑暗、善良與罪惡的分界線，正寫出了民主國家的愚昧與悲哀。我在想當初怎麼會允許這條三十八度線的產生？而硬生生把一個統一將近一千三百年的韓國分裂為二。這真是波茨坦會議上一個極大的錯誤，也是現代史上最可恥的一頁。這個錯誤是否可以補救，這可恥的一頁是否可以抹去，就看民主國家今後如何團結與努力了。

與南韓的和平村遙遙相對的，就是北韓的所謂「自由村」，我們因未帶望遠鏡，所以看不清楚。卻聽得到馬達的嗒嗒之聲。美軍告訴我們，那是他們唯一的一架耕耘機。

它不是用來耕田，而是擺在屋子裡作宣傳廣告的。每逢到這邊有人參觀，他們就開動馬達發出嗒嗒之聲，表示他們已進步到有機器耕田，而南韓卻沒有。這種虛偽幼稚的行徑，令人好氣亦復好笑。最令人感慨的是那條奈何橋 (Bridge without Return)，那是通向人間地獄的一條橋。遠遠望去，雖然在強烈的陽光下，它也是黑沉沉地，給人一種陰深的感覺。聯軍的哨兵認為精神上最痛苦的莫過於放哨在這條橋端上。

藍色房子與綠色房子有一個最顯著的不同，就是前者一律不用窗帘，後者都蒙上了窗帘。在帘子的後面，不知他們在出些什麼鬼主意。足見他的行為是要隱蔽起來，見不得人的。綠色房子蓋得比藍色的高而「講究」，表示他們什麼都比人家「強」，更有綠色屋頂上的所謂和平「鴿」，北韓軍吹牛他們的鴿子愛好和平，所以絕不棲息在藍色屋頂上。事實上，他們一直訓練鴿子只認綠色，所以只停止在綠色屋頂上。可是有一次，他們失敗了。一批鴿子認錯了顏色，停在藍色屋頂上，北韓軍氣得把牠們統統炸來吃了，重新訓練一批，卻不敢隨便的放出來了。

狡猾的北韓，為了造成參觀者與記者們的錯覺，故意把他們的範圍整理得花木扶疏，亭子與長椅都一律漆成藍色，以混淆人的視覺。他們會對南韓的參觀者或記者說：

「來嘛，這是藍色椅子，過來坐坐休息一下吧。」如果你一時攪糊塗了，真的過去坐了下來，你就跑到三十八度線那邊去了。所以參觀時要步步為營，絕不可理會虎視眈眈的北韓匪軍。如果你和他們正面相對，他們就會拿照相機拍照，作為他們的宣傳。那天我們參觀時，還有另一個日本參觀團。有幾個北韓匪軍嘻皮笑臉地用日語和日本人說話，日本人竟也嘻皮笑臉和他們搭腔。還做出一副「他鄉遇故知」的樣子。我看了心中怒不可遏，日本人也許根本不恨共產黨，他們對於南北韓的分裂，可能還懷有一份幸災樂禍的心理。因此當有一個日本人用英語想和我交談時，我理也不理地走開了。

參觀板門店回到漢城旅舍，記者問我對板門店有何感想。很久我都說不出一句話來。因為我的心情太複雜，感觸太深。我只簡單地告訴他們說：「中韓兩國遭遇同樣的厄運，看了三十八度線，我立刻想起了臺灣海峽。因此使我們了解爭取真正自由和平的刻不容緩。也使我們認清我們的重要職責，與生活的真正意義。」

漢城之春

萬里來鴻

　　最近，韓國朋友來信，信中附來一片殷紅的五爪楓葉，一片黃綠的蘋菓葉。她問我：「記得韓國的春天嗎？記得楓林中的野餐和蘋菓樹下韓國農村婦女的舞蹈嗎？」

　　我怎麼不記得，我又怎麼忘得掉呢？

　　我把去年從韓國帶回的楓葉與蘋菓葉也取出來，和新寄來的放在一起，它們呈現著兩種同樣鮮豔的色澤，時間似乎不曾逝去，空間也好像沒有一點距離。韓國雖遠在海的那一邊，而我對她卻是記憶猶新，而且倍感親切。

　　去年五月間訪韓，在漢城逗留一週（另三天南下釜山慶州）。對漢城的印象可說是既模糊又深刻。模糊的是許多官式的訪問與讌飲，使我這注意力不能集中的腦子未能深入的觀察。深刻的是漢城那一份似大陸北國又似江南的情調，與亞熱帶的臺灣迥然不同。使我驟一見就立刻愛上了她。而匆匆的走馬觀花，歸來後心頭似一直籠著一層濛濛的迷霧，迷霧中，更帶一份濃重的鄉愁。數度執筆想記下關於漢城的點滴，卻都廢然而止。今天，這幾片楓葉與蘋

菓葉又使我的心靈馳騁於萬里之外，彷彿聽到了洛東江水的潺湲之聲，也彷彿再登漢城郊區的南山之巔，採擷朵朵的姹紫嫣紅。

前不見古人

我沒有去過北平，沒有瞻仰過我國的故宮。可是當我竚立在一片廣大無垠的平臺上，看悠悠白雲飄過勤政殿的屋脊與飛簷時，我彷彿置身於北平故宮中，頓然發思古之幽情。

勤政殿是漢城故宮之一的景福宮的正殿。景福宮至今已有五百餘年的歷史，是李朝太祖所建（一三九五年），可是在一五九二年倭寇侵略李朝時被摧毀了一部份，李朝的皇帝搬到昌德宮去住。此後二百餘年中，歷朝皇帝都認為住此宮不祥，就沒有修復。直至一八六七年大院君才重新加以修建，可是已難復舊觀。到了一九一○年倭寇佔領朝鮮，又再度被破壞了。現在我們所能看到的就只有勤政殿光化門與慶會樓的一部份了。名勝古跡，屢遭浩劫，良為可嘆。

勤政殿是正宮，是皇帝聽政，群臣朝見，外國使節進貢以及國家舉行重典的大殿。四圍廣闊，三面都是一間間蜂窩似的朝房，門額上題有宗正府、建福閣、寶賢堂、敦

寧院等名稱，是文武百官在朝門憩息之所。有的門上重疊
地排有幾個匾額，導遊說因其他殿宇被破壞，僅保留下匾
額集中一處作為紀念。殿前是一大平臺，由石階拾級而上，
只見左右兩邊各豎有一排刻著自九品直至一品的石碑。是
群臣朝見時按官階站立的位置，文武百官匍匐而上，不得
仰視。殿中的雕樑畫棟與莊嚴的御座都深深地隱藏在幽暗
中。陪同遊覽的慶熙大學尹院長說：如此的暗不見天日，
歷代皇朝政治的腐敗，似乎也由此可以想見。殿門門檻很
高，且不許遊人跨足入殿。皇朝的故事已成陳跡，但那一
點神聖與尊嚴，仍得繼續維持。我走到一品官的石碑邊，
請人替我拍了一張照，過足了一下「官癮」。轉身朝裡看，
肅穆的大殿中，那黑黝黝的、萬人之上的寶座，也遠遠地
看不十分清楚，想它已蒙上了不少灰塵。多少英明之主與
多少禍國殃民的暴君，都曾在此寶座上發號施令過，可是
千百年過去了，無論賢愚成敗，都已成塵土。大韓民國已
在艱苦的浩劫中堅強地站立起來。這座故宮所紀錄下興衰
的陳跡，亦未始不是他們民族復興的借鏡。

　　由勤政殿走向慶會樓，卻予人以清新之感。這裡是皇
帝宴飲與接待外國使節之處，樓像一座水閣，三面荷花，
池中正盛開著朵朵紅蓮。樓上四面臨空，圍繞著走馬廊，
當中是正廳，開啟玉女窗扉，可以觀賞風荷，眺望遠景。

放下窗戶即成隱祕的密室。想見當年李朝的風流天子燕山君，在此與寵臣或嬪妃宴飲作樂，夏夜月下，朵朵蓮花迎風搖曳，樓上管樂笙歌，燈燭輝煌，真是極盡其旖旎風光。如今呢，風流都被雨打風吹去了。

日本佔領朝鮮以後，摧毀了殿宇，在此建總督府，並築了一道高高的圍牆，把李朝皇族遠遠隔在光化門的後面。李朝最後一朝純宗皇后尹妃，仍住在那後面，她是日本人，長得極為美豔豐潤。我到韓國的第一天晚會上曾見到她，與她握手為禮，她以悅耳的韓語與我寒暄。據說她因長得美麗，本可入選進宮為太子妃，但被國人中傷，說她不會生育，乃遠嫁到朝鮮為純宗皇后，生了好幾個子女。我看她態度嫺靜安詳，不知她現在過的是怎樣一種生活。眼看宮闕摧毀，星移物換，她內心焉得無滄涼之感呢。而她自己的娘家日本對她又是怎樣一種眼光呢。

景福宮舊址，在日本佔領時期建了一座博物館，內有古佛石像、石塔等，都是日本人從旁的寺廟中移來，作為佔領紀念的，天花板上是一幅仙女弄笛、白日飛昇的名畫。作者不詳，據說價值就抵得這全部建築。四壁雕刻的佛像都由慶州佛國寺摹仿而來。

舊乾清宮，也就是明成皇后閔妃的寢宮，現在也改為美術館了。一八九五年，日軍侵犯朝鮮，直入寢宮，將閔

妃從玉壺樓拖出沉在池中淹死，造成此兩民族間更深的仇恨，這是韓國歷史上不能忘的恥辱，稱為乙未乾清宮事變。仇恨滴滴點點地累積下來，韓國人一筆筆記載在史冊上，永不忘懷，雖然舊的朝代過去了，而新的衝突仍不可避免。東方民族真的能以遠大的目光，拋開利害，和平相處嗎？

勤政殿前有一座十層石塔，原是高麗時代建築在敬天寺的，倭寇併吞朝鮮時，曾將此石塔移到日本，八年後又被朝鮮奪回，把它建立在勤政殿的長廊前。塔前有茂密的銀杏樹，與石塔相對兀立，顯得它們的堅固不可拔。韓國人對於文物古跡的保存，都表現他們堅強不可屈辱的民族性。而我國姑蘇古跡寒山寺的鐘，被日人盜去，卻沒有要得回來，因這口鐘已經在日本失落了，他們只得以一口補鑄的贗品代替。我們是泱泱大國，不再向他們追究了。

故宮文物

韓國的博物館有好幾座。而以漢城德壽宮的規模最大。

德壽宮原是韓國最早用石頭砌造的最新式建築物。是李朝高宗皇帝接見外賓的宮殿，現在已改為國立博物館。屋頂是一千二百年前的鬼面瓦。參觀門票的背面，即印有鬼面瓦的照片。

館內陳列的有石器與鐵器時代的古墓模型。百濟時代

的棺材是一隻泥土大甕，頭部大，足部小，人體模型，拱手躺在裡面。新羅時代（約當中國唐代）的皇冠扣帶、鏤花白玉耳環與項鍊、宮廷銅器漆器、馬鞍飾物等，都頗精緻，佛像雕刻尤多。約當中國南北朝時，朝鮮佛教已逐漸興盛，有高僧名圓光的來中華學佛，在江蘇吳縣虎邱山研究佛經，並通群經諸子史學，東歸時帶去許多經典。此外高麗時代（約當中國宋代）的青磁器、青銅器、青銅花瓶等，都刻有蒲柳水禽，非常精巧，李朝時代的彩陶花瓶酒器等，畫的禽鳥花卉，以及五百年前（約當中國明代）的白陶磁，都極精美。這一切與我們博物館中所陳列的頗多相似。因朝鮮在新羅時代，即派留學生來中國留學，對中國的文化藝術，都大量的吸收。《全唐詩》中就有許多賀朝鮮文士考試及第的詩，有一位朝鮮留學生崔致遠，十二歲就來中國，六年後中進士，在唐朝做了好多年官，二十九歲才回國，他所著的《桂苑筆耕》二十卷，還收入我國的《四部叢刊》中呢。由此可見，韓國的文化藝術與中國原是一脈相承。這在他們的書與畫中尤可看得出來。我看見一幅李朝風俗畫，長丈餘，畫的是民間生活與社會風俗，有如我國的〈清明上河圖〉，有私塾讀書、少年射擊、摔角、跳舞、鬥龍船、耕田、紡織、打漁、春遊、迎親等等；人物神情活潑，一個個栩栩如生。而筆法與佈局等完全與

中國古畫的意境一般無二。又有一幀高麗末朝忠臣鄭夢周的字，寫的是漢隸。在當時，韓文都還沒有發明，韓文是始於李朝（一四四六年）的。

導遊說，這是一部份的故宮文物，尚有的則落在北韓平壤，這使我們想到北平故宮中許多文獻與國寶，在民初軍閥內戰中遺失，亦復不勝感慨。

綠雲紫霧中的友情

昌德宮為李朝太宗時所建的最奢華的別宮。到燕山君時，在宮中更建築了一座專供嬪妃讌飲遊樂的祕苑。逢有特別慶典，皇帝才邀請文武百官的眷屬進苑中宴會。在平時這是純粹的皇家私人花園，不准任何人入內。韓國獨立以後，李承晚總統始命令每年於春秋季開放兩天，供國人遊覽。而祕苑風光，亦是春秋二季最美。

我們是以外國貴賓身份，被特許於非開放日進入祕苑的。陽曆五月的韓國，正是大陸江南的仲春天氣，清晨的微風薰人欲醉。我兩手挽著韓國友人，腳步踏在軟綿綿的碧綠草坪上。她們都穿著粉紅或淺綠的輕紗韓裝，在風中如仙袂軒軒欲舉。翹首望藍天白雲，好像只覆蓋住這一座隱藏在綠雲中的花園，綠雲之外似別無天地了。園中有垂絲的楊柳，有兀立的松柏，與銀杏，有殷紅的楓葉，有茂

密的蘋菓樹。更有茶花、杜鵑、牡丹、與許多不知名的花木。我們選取的是一處銀杏樹下的大草坪。主人準備了豐富的韓式野餐，各色點心，瓜菓雜陳。伴遊的都是飲譽韓國文壇的前輩作家。小說家朴花城女士、崔貞熙女士、孫素姬女士，散文家趙敬姬女士，更有一位是韓國最早的女記者崔恩喜女士，除了崔恩喜女士以外，我們可以用簡單英語交談，朴花城十一歲開始寫作，由元老作家梨光洙鄭重推薦於朝鮮文壇，四十餘年來出版過十一部長篇，平均四年一部，寫作態度非常認真，她從未穿過洋服，是韓國傳統女性的代表。崔貞熙是韓國新詩創始者金東煥的夫人。金先生於十五年前韓戰中被北韓虜去，至今生死不明。崔女士是小說家，作品常取材於社會各階層的生活，富深刻的諷刺與幽默感。也是韓國文壇前輩小說家。在我們離韓時，她特地趕來送我們一人一隻黑珊瑚戒指，含意深長地說：「黑珊瑚外表不及紅珊瑚光澤，但它有一種深沉的美，且質地更堅固。」韓國女作家的成名不易，她們並不是在報章雜誌發表幾篇文章便可稱作家，必須每年有一部文壇前輩們公認為夠得上水準的作品問世，才能保持不衰的聲譽。她們每年面臨考驗，每年在百尺竿頭更進一步。她們不是主編可以捧得紅的，因為她們的文藝批評非常客觀與公正，讀者的水準極高。孫素姬女士是青年學生最崇拜的

短篇小說作家，筆觸幽美活潑，想像豐富。她穿茶綠色上裝，白紗長裙，一直挽著我的手，親切地問我對韓國的觀感與臺灣文壇近況。趙敬姬女士是唯一穿洋裝的女作家，她短髮及耳，藏青嗶嘰西服，健康的身材，爽朗的談吐，她考了我十句韓國話，我得了一百分，她翹起大拇指說："Excellent"。崔恩喜女士兩鬢花白，從她滿佈縐紋的前額與傴僂的身軀，可以看出她是位飽經風霜挫折的女報人。她在一九二四年李朝時代即任宮廷記者，深得皇上信任。倭寇入侵後，朝鮮陷於無政府狀態，作為一位記者，內心痛苦可知。韓國獨立後，她當過《朝鮮日報》記者，追隨革命元老金九先生多年，金九先生殉國，她是唯一伴隨靈柩回來送葬的人。她與謝冰瑩先生透過翻譯，談宮廷往事，語調低沉，真有如白頭宮女感慨無窮。現在她因年逾花甲而退休，專心寫回憶錄。在《女苑》月刊發表《交友半百歲》(即《五十年文壇交遊錄》)與〈韓國女性文學之今昔〉等文章。她沉默寡言，眉宇間透露著深沉的憂鬱。畢生難忘的亡國之痛，使她絕口不說日語。我想到國人中有些遇到會說日語的就流露出他鄉遇故知的親切神情，心中感到非常詫異。

野餐完畢後，在一片綠雲紫霧中，我們拍了不少照。朴花城女士說，她非常喜愛我一篇被譯為韓文的小說〈長

溝流月去年聲〉中那一份東方情調，她願意我喊她阿姨。
她那天著淺藍韓裝，我也是淺藍旗袍，第二天，她就送了
我一段淺藍的衣料，她說藍色象徵我們純潔的友誼，使我
心感萬分。孫素姬採了一片蘋菓葉，一片楓葉，悄悄地遞
給我說：夾在書中作個永久紀念。我告訴她最愛紅葉，大
陸江南要秋天才有，而韓國在春天就紅了。她說：「紅是一
種熱情的表示，楓紅在歡迎你們。」我又摘了好幾片帶回
來。每次把玩，想起她們深厚的友情，想起在杭州秦望山
上楓林中的歲月，心頭有無限溫暖，也有無限根觸。

國樂學院

　　昌德宮中，設有國樂學院，係公報部新聞局所主辦。
有學生二百五十五人（六十名為女生）。初中畢業投考，六
年畢業。

　　廳中陳列者，有宮廷貴族康樂舞會時穿的服飾、平民
舞服，與各種古樂器。如梲（音樂開始時用）、敔（曲終時
用，形似鼓，背有齒，以竹片劃背發出搭搭之聲）、靈鼓、
磬鐘、古箏、琵琶、胡琴等（一年一度祭孔典禮時用）。

　　主人特地為我們舉行演奏會。一共五個節目，第一齣
是嚴肅的宮廷曲。穿著唐、宋服裝，男的戴烏紗帽，女的
鳳冠霞帔，分兩排席地而坐。後排吹簫笛，拉胡琴。前排

中一人彈箏，右一人任指揮。全體於歌唱時左右搖擺身子，音樂莊嚴低沉。第二齣新娘舞，是傳統的古典舞蹈，至今仍流傳民間。新娘著尖頭襪，微露於豔紅長裙之外，頭上滿戴鮮花，載歌載舞，舞姿輕盈美妙，充份表現古典美的特徵。第三齣鳳雀舞，是民間青春舞曲，曲調節奏輕快，扮演的女學生一個個美豔如花，雙頰微紅。小嘴一開一合，發出如林中禽鳥啁啾相呼之聲，十分悅耳。第四齣鼓舞，是農村男女慶祝豐收的舞蹈。擊的鼓一面是牛皮，一面是馬皮，牛皮發音低沉和緩，馬皮發音響亮。兩種鼓聲相間而作，配合著歡欣的跳躍舞步，把一份歡樂帶到你的心中。最後一齣劍舞，卻使人耳目一新，那是典型的北方燕趙民族慷慨激昂的舞蹈。男女歌喉於高亢中帶著沉鬱，是多年被壓迫民族在苦難中復興起來的慷慨激昂之音。抑揚頓挫之處，令人於胸臆間頓起同仇敵愾之念。男女都英姿挺發，擊劍姿態尤美。

劍舞還有一段感人的歷史故事。在新羅皇朝時，有一個青年會舞極好的雙劍；皇帝召進宮中表演，他舞得出神入化，把皇帝與全體文武百官都看出神了。青年於舞劍正酣時，忽然一躍上前，刺死了皇帝，原來他是高麗遺民中的革命志士。他殉難後，民間為了紀念他，凡有慶典，即戴上面具學他的舞劍，一面慷慨悲歌。李朝以後，女性亦

習劍舞，這可能是受唐朝女性騎馬射箭的影響。且朝鮮半島三面臨海，北面鄰中國大陸，三個皇朝都於艱難中建國。李朝時代，尤其受盡倭寇的侵略。所以民族性因受地理環境影響與政治的刺激，變得非常敏感，尤具堅忍自衛精神。女性習劍，不讓鬚眉，就是這種精神的表現。

　　於閃爍的劍光中，紫色的帷幕徐徐降落了。心頭那股激昂之情，卻久久未能平復。觀賞完了國樂，我不能不嘆佩韓國人民發揚國粹，忠實於藝術的嚴肅態度，他們無論做什麼都很認真。舞蹈中的服飾樂器，都由專家學者指導與考訂，絲毫不苟。從他們保存的一切文物中，從他們的舞蹈中，就可看出一個國家的歷史文化與民族精神。韓國是一個堅苦卓絕的民族，他們正在一天天復興中。反觀我國的所謂民族舞蹈，又是什麼呢？每有外賓，就把幾個三尺童子的幼稚生，打扮得珠光寶氣，從錄音機中放出刺耳的音樂，跳一齣宮燈舞，一齣滿江紅，或是一段新疆舞，以娛嘉賓。難道這就是我們擁有幾千年文化的古典音樂與舞蹈嗎？我們的專家學者們都到那裡去了。我們為什麼不也辦一所真正考訂古樂的學院呢。叫我們的幼稚生與小學生負起復興民族舞蹈的重任，責任也太重了，而且只有養成孩子們愛出風頭的虛榮心而已。

　　再說韓國，她一面致力於國樂的發揚，一面也極力吸

收西洋音樂的精神。單講他們的民謠「阿里郎」，就有兩種
不同的調子。一種是原始的低沉緩慢的悲調，一種就是滲
有西洋樂曲的輕快節奏。他們的新式舞蹈，也極力模仿歐
美。而在觀光旅社如華克山莊中，吸取外匯的最新舞蹈，
演唱者卻都是韓國的少男少女。節目變化無窮，美不勝收。
不像我國的夜總會與電視節目上的演出，瘋狂了市民的全
是消耗外匯的「觀光客」。古典的早已式微，學時髦又沒有
真正學上。只是一窩蜂的扭扭披頭、阿哥哥，與人家比比，
這中間相差又有多遠呢。

最高學府──成均館大學

　　參觀成均館大學之前，我們先瞻仰該大學左首的孔廟。
孔廟的主要部份就是大成殿與明倫堂，二者遙遙相對，大
院落正中是一棵有五百年歷史的銀杏樹，樹幹粗壯蒼勁，
而樹頂初綻的新葉，在春天的晨暉中閃著翠綠的光，一派
欣欣向榮的氣象，正象徵著成均館大學的莘莘學子，在承
受幾千年東方傳統文化與歐美現代文學的雨露與陽光，而
予以融合與調和。大成殿正中是至聖先師孔子神位，兩邊
陳列著各種古樂器，如大成鼓、玉磬、八佾舞的翎，祭孔
禮於每年春秋二季的第一個丁日舉行。有一位李完山老先
生，經管大成殿已五十五年，現已年逾七十。他於韓戰時

冒著生命危險搶救出樂器與神主。他與我們說起當時情形，猶顯得滿臉憤慨。他穿一身白色短衫褲，外套淺灰背心，短小精幹，絲毫沒有老態。明倫堂正中匾額為朱晦庵先生的手筆「夙興夜寐箴」。右首牆上是一幅名人油畫〈入幃圖〉。蓋科舉時代在此考進士，所以東西廂房都是原來的試場。後稱養賢庫，凡生員考取進士以後，在此攻讀。故稱為國養賢，亦是學而優則仕之意。

　　在蕭穆的孔廟之旁，就是壯嚴巍峨的成均館大學。這座最高學府，建校已有六百年的悠久歷史。原來校址在開城（高麗皇朝的首都，原名松都），遷校到漢城已有五百年。現在的各學院都已改為幾層樓的新式建築。因時間有限，不及一一參觀，只在教授會館舉行了個座談會。教授會館樓上是供各教授做研究工作的分別房間。樓下是大廳，供座談集會與師生共同討論之用。圖書館藏書，東方書籍九萬九千餘卷，西書四萬四千餘卷，共計有十四萬四千餘卷。全校有文、理、法、商、醫等五個學院，他們每學院皆稱大學。教授、副教授、講師共二百五十餘位。文學院有佛語佛文科，開的有佛戲曲講讀，佛古典，佛國史，佛文學史，佛散文講讀，佛會話，佛詩等課程。我們國內大學，只有哲學系，尚無專門研究佛文學的科系，這倒是值得我們參考的。該校中國文學科講師李家源先生，在該大

學出版的《國際文化月刊》上，發表一篇〈紫霞詩評考〉，是中韓文化交流考的重要著作之一。申紫霞是韓國五百年來之第一大家。他與清朝文士交遊至密，著有《警修堂集》，他採韓國歌曲（所謂時調）譯為漢文七言絕句，稱為小樂府，極為膾炙人口。如〈漁樂〉一首：「鳴者鵓鳩青者柳，片林煙淡有無疑，山妻補網緰完未，正是江魚欲上時。」與〈蝴蝶青山去〉：「白蝴蝶汝青山去，黑蝶團飛共入山。行行日暮花堪宿，花薄情時葉宿還。」頗饒情趣。申紫霞是一位有氣節的文士，他有詩自嘆謂「僕本恨人能不泣，悔翻詞曲到荒坟」。一代大文豪，亦不能不寂寞以終。這與我國古代許多孤高坎坷的文士，可說是蕭條異「地」不同時了。另一位講師金喆洙在該刊寫了一篇〈長恨歌研究〉，考訂綦詳。韓人對於中國文學造詣之深，於此可見。

南山山氣清

　　南山公園是離漢城市區不遠的一處勝景。汽車只到山腳下，遊人拾級而上，環境有點像木柵仙宮廟，而視野更為遼闊。山路寬而幽靜，滿山繁花盛開，青年人稱它為情人路。這一天雖不是星期日，而遊人不少。中年以上的農村男女尤佔多數，因為當時正是春遊季節，農忙方告一段

落，而花事又正好，他們要趁此好好地享樂一番。他們穿上最漂亮的衣服，男的都是淺色短衫褲，外套淺青或淺灰背心，老年人都穿白布對襟長衫，頭戴高高的烏紗帽，還是宋明服裝的款式。足見老一輩的韓國人對舊時代的懷戀。中年婦女都穿長裙曳地的韓裝，有上下裝一色的，有兩色的。色澤鮮豔，老年人也都顯得神情愉快。我們於南下大邱慶州時，在一座茂密的蘋菓林中，也遇見一大隊衣著講究的農村婦女，在蘋菓樹下擊鼓跳舞歌唱。我們站在一邊欣賞，她們並不以為我們「非我族類」，卻過來拉我們一起跳。跳完一支曲子，她們上了遊覽車，還向我們頻頻揮手道別。她們真是活潑健康的民族，工作時工作，休息時休息。我國農村婦女終年辛勞，四十以上就打扮得像老年人，穿的非灰即黑。一副暮氣沉沉的樣子，這一點似乎應該向她們學習一下。臺灣的紡織工業發達，綢布料價格低廉，年輕女孩子學洋裁的又多，她們可以為她們的母親剪裁幾襲美麗的新裝，在春秋佳日，合家出外郊遊，絢燦的彩色與綠野平疇、青山碧水相間，才顯得有一股蓬勃的朝氣呢。

　　南山頂上有一座八角亭，憑欄遠眺，漢城全在眼底，中央廳與國會大樓的青瓦，閃爍在下午的陽光中。漢江銀白似帶，流向黃海。我悠然想起在杭州秦望山頭上望錢塘江流入東海的景象，陡驚流光已逝去二十餘年了，真是「望

故鄉渺杳，歸思難收」。如遠望真個可以當歸的話，也算不負今日一番登臨之意了。

在亭中小憩，主人招待飲菓汁，環視四周，雖然有這許多男女老少的遊人，地上卻沒有一片菓皮紙屑。他們都非常自愛地遵守公共道德，把廢物丟入簍中。南山並非著名大公園，尚且如此清潔，其他名勝更不必說。我們在昌德壽宮公園中，曾見大群青年學生春遊野餐，草地上找不到一張糖菓紙。回顧我們的臺北公園與陽明山公園的草坪上，又是如何一番「琳瑯滿目」的景象呢。

暮色漸漸籠罩下來，我又倚著欄干，唱起他們的民謠「阿里郎」，主客相和而歌。微帶悲愴的音調，逗起了無限的離情別緒。南山的氣象是清新的，南山的薰風是醉人的，可是小駐匆匆，我們便將告別漢城，告別南山，告別韓國友人回到祖國。我們留給他們的是無窮的祝福，帶回來的是無限的懷戀。

第 二 輯

紅　燭

　　姨媽今晚接我回家，爸爸也已經來了。屋子裡打扮得很熱鬧，一瓶美麗的鮮花放在桌子中央，還有蛋糕糖菓。姨媽點起一對大紅蠟燭，把紫色的窗幔拉起來，一陣溫暖的氣氛包圍了我。我挽了爸爸的手，到大鏡子面前說：「爸爸，您瞧，幾個月沒看到我，我又高了。」爸爸按按我的頭頂說：「嗯，真的又高了。」在鏡子裡，我卻發現爸爸的眼神有點暗淡，臉也似乎瘦點了。姨媽拿了兩碟點心笑盈盈地走過來說：「蓓蓓，給你爸爸拜壽了沒有？」我才記起今天是爸爸的生日，姨媽特地點起一對紅燭來慶祝他。可是嫣紅的燈花，並沒有增加爸爸臉上的光彩。他的嘴唇緊緊抿著，不笑也不說話，我仰臉低聲喊道：「爸爸，您好像不快活呢？」他嘆了口氣說：「這是你姨媽太好心了，她怕我寂寞，特別把我請到家裡來過生日，其實就讓我忘了這日子豈不更好？」

　　他怔怔地望著那跳動的一對燭光，眼裡似有淚水在閃動，他的手搭在我肩上，半晌又說：「孩子，記得去年今天

嗎：那時候你媽媽病已重了，還為我起來做麵，撐著招呼客人。也許是太辛苦了，就在那一夜她昏暈了，醫生再三吩咐不能讓她勞累，可是她不放心我們。現在她卻丟下我們，什麼都不管了。」爸爸的聲音嗚咽起來，我伏在他懷裡哭起來了。姨媽看著我們這樣，眼圈也紅了。她用手帕擦了下眼睛說：

「不要再想過去的事了，蓓蓓剛考完書回來，你也夠辛苦了，今兒該高興一下才是，我還請了客人呢。」

「為什麼要請客人，你明知道我怕熱鬧。」爸爸埋怨道。

「不是旁人，就是那位林小姐，我的同學，上次你在我家見過的，我特地邀她來的。」姨媽向我一笑，又以徵求同意的眼神看著爸爸，我就知道姨媽約林阿姨來是什麼意思了，心裡頓時有點不高興起來。看爸爸的臉色也越發嚴肅，他把臉掉向牆壁，壁上正掛著媽和姨媽合拍的照片。他顫聲地說：「為什麼你這樣多事，你總該明白我的心思吧！」

姨媽默然地走開了。爸爸又跟我說：「蓓蓓，你陪我出去走走吧。」

我們就走出來了，在熱鬧的街道上逛了好半天，又在書店裡看看這本書，翻翻那本書，問我要買什麼，我搖搖

頭什麼都不要。我覺得爸爸明明是心不在焉，只想在外面無目的地遊蕩著，耽擱著時間。我著急地說：「我們回去吧！姨媽會等急了。」可是爸仍不肯回去，他牽著我的手漸漸地走向一條冷清的馬路，忽然把我的手臂捏得很緊，低著聲音說：「蓓蓓，你知道你大姊姊要結婚了嗎？」

「我不知道，姨媽沒告訴我呢！」我有點吃驚。

「她什麼人都沒告訴，連我也是剛接到她的信。她說本來要來看我，因為要結婚，所以在香港一時不能回來，她問我高不高興她結婚，蓓蓓，你高興嗎？」

「我不高興。」我有點生氣地說：「爸爸，您呢？」

「我─我是應當高興的，因為她已經成人了，而且是如此的出人頭地。不過我只希望她婚後不要忘了我對她再繼續深造的期望。」我聽出他的聲音是那麼悲愴。夜風吹來，我不覺心頭也有一陣淒涼之感，我說：

「爸爸，大姊結婚，怎麼事前一點也沒跟你商量呢，媽死了，一切她都該問您啊！」

「愛情的事，是用不到跟我商量的，我就是不同意又有什麼用？蓓蓓，你長大了，也會不聲不響的就結婚嗎？」

「永不會的，爸爸，你放心吧！」我肯定地說，心裡真有點生氣大姊姊的狠心呢！停了一下，我又說：「爸爸，我是不會離開您的，可是如果您再結婚呢？」

　　說著，我心裡卻想起姨媽今兒約了林阿姨來，而爸爸
卻帶我出來散步了。

　　「孩子，有了你們姊妹三個，我是絕不打算再結婚了。
我感謝你姨媽的好意，但她是白操心了。」他又看了看手
錶說：「現在，我們可以回去了。」

　　我們回到姨媽家，她氣呼呼地站在門口，以責備的眼
光看著爸爸，大聲地問：「你怎麼了？」

　　「沒有什麼，帶著蓓蓓散一回步。」

　　「林小姐走了，弄得人家真不好意思。」

　　爸爸微笑了一下，我在背後做個鬼臉，心中著實的
得意。

　　姨媽拿出一封信來說：「莉莉給你的信。她寄到我這兒
來了。」

　　爸爸興奮地拆開信，抽出一張美麗的生日卡，一陣香
風撲鼻而來。我搶在手裡聞著，覺得二姊在美國真了不起，
什麼都是漂亮的。我又伏在爸爸身邊讀著二姊的信：「爸
爸，我特地要趕上您生日的一天，把信直寄到姨媽家，因
為我知道姨媽一定會為您安排一個快樂的晚上的。爸爸，
我在遙遠的這一邊，給您拜壽了。大姊姊要結婚了，她說
事前並未和您商量，怕您會生氣。我想您是不會的，女兒
結婚，做爸爸的那有不快樂的呢！是嗎？爸。不過我知道

您也許會有點空虛之感，因為媽媽去世了，您一直是這麼感傷，如今大姊又出嫁了，您會擔心孩子們一個個都要離開您了。不會的，爸，至少我目前還不想結婚呢！我可以常常寫信給您，等我畢業了，就回國來侍奉您。還有小妹，她一天天長大懂事了，她也會陪伴您的。爸爸，不要難過吧！」

最後，二姊又添了小小的一行字說：「爸爸，如果我交一個外國男朋友，您會反對嗎？」

看到這裡，我就火了，在鼻子裡哼了一聲，把香噴噴的生日卡丟還給爸爸，噘著嘴坐回到沙發裡。姨媽笑著嚷道：「快啦，快啦，老二也快了。老大結婚來個閃電戰，老二不說，我還不知道呢！」

爸爸慢吞吞地把信收起來，又慢吞吞地站起來在屋子裡來回踱著。走到桌子邊，拿起剪子剪去了長長的燭芯，燭光一下子又亮起來，照著他憂戚的容顏。燭臺上淌滿了成堆的蠟淚，爸爸用手指去撫摸了一下。微喟一聲，走到我身邊，圍抱著我的肩，低聲地問：「蓓蓓，你總不會離開我的吧！你說過的。」

我沒作聲，卻伏在他懷裡哭了。

荼蘼花

　　兩個人在南昌街一家小冷飲室裡對坐了好半天，一句話都沒說。她只是使勁地用小湯匙刮著木瓜皮，他一手插在亂蓬蓬的短髮裡，一手不時轉著汽水空瓶子；頭都沒抬一下。看樣子，他們像在生氣，或是拌了嘴。其實並沒有，這幾個月來，他們連拌嘴的勁兒都沒有了。她只是悶得沒話說，他卻在悶著猜她的心事。他不懂她近來為什麼變得這麼冷冰冰的，連那間六個榻榻米的小房間都不讓他進去了。是她另外有了新朋友呢？還是真像她自己說的，工作太忙，身體不好，一回去就想躺下，不願人去打擾呢？她以前不是這樣的，他們一起吃喝玩樂。她一天都要給他打上幾次電話，要他去陪伴她。她說過她愛他，願意他一直守著她。她把她過去辛酸的經歷都一五一十地告訴他，有時哭，有時笑。他雖不太能領會她的心情，卻也聽得津津有味。因為他實在喜歡她，喜歡她的豐潤美麗，喜歡她的爽朗率真。他只覺得跟她在一起很快樂，他可以一切都聽她安排，要怎麼玩就怎麼玩。他認為人生最高的理想就是

有一個心愛的人，和她一起尋歡作樂。如果她忽然丟棄他了，他的生活馬上會失去重心，他就會像沒頭蒼蠅似的，不知該飛到那兒去。而現在，他已逐漸感覺到她將不要他了，這究竟是什麼緣故呢？

在女的一方面呢？並不是像他懷疑的有了新朋友，也不是怎麼不喜歡他了。她只覺得跟他天天在電影院或咖啡室裡泡，實在沒意思到極點。她越和他在一起，就越感到自己的飄蕩無依。她和他說什麼，他都是浮著一臉稚氣的笑，似懂非懂地點著頭。他的一對眼睛很大，睫毛長長黑黑的，起初也是這對漂亮眼睛吸引了她。可是現在她卻覺得這對眼睛望著她美麗的胴體時，顯得那麼膚淺而貪婪。她寧願一對憂鬱的眼神，深湛地探索著她的心。她要把感情託付給一個深沉、懂得享樂、卻更懂得受苦的堅強男子。而他實在太年輕了，他那不解憂傷為何物的孩子似的心，怎麼懂得了那麼多呢？他比她小了十一歲，她實在應當把他當個弟弟看待。她後悔當初不該讓他覺得自己在愛他的。她心裡明白，那陣子的狂熱，實在是由於她把感情封閉得太久了，一下子奔瀉而至於不可收拾。二十歲不到，她就嫁了一個古板、乏味、虛飾、冷酷，比她還大十五歲的丈夫。跟他糊裡糊塗地生活了將近十年。十年中，她沒有歡笑，也沒有眼淚，像一架機器似地，她侍候他，替他生兒

育女。等她逐漸覺醒過來，她也需要感情時，一段錦繡年華已悄悄溜走了，她已靠近三十了。她想她必須享受一下人生，於是她毅然決然地和丈夫離了婚，一個人搬出來租了一間小小的屋子住下，也找到一份待遇相當優厚的工作。她自由自在、無牽無掛地過著日子，演話劇、跳舞、打牌、交朋友，她著實放任自己享樂了一陣子。除了上班，她把時間全化在外面，每天都要很晚才回家。家，她覺得這個一床一桌一椅的家很可愛，因為這是真正屬於她自己的小天地。她可以醉醺醺地躺在榻榻米上滾來滾去，咀嚼著一天的狂歡滋味。她可以點起煤油爐，炒幾樣自己愛吃的菜，或是請幾個朋友來大吃大喝一頓。她也可以在星期天關上房門，整整酣睡一天，然後在晚上溜到巷口吃一碗餛飩或擔擔麵，再買包瓜子回來。一面慢慢兒剝，一面拿起筆，趁著靈感寫上三五千字的稿子。這樣的生活，真是太輕鬆太愉快了。不久，她認識了他，他的年輕，他的活力和熱情，給她原來如白紙似的生命撒上了玫瑰的色與香。他使她沉醉，使她暈眩，她和他恣情地笑，也大聲地爭吵，一陣子狂風暴雨，一陣子和風麗日，她真感到這種生活甜蜜極了，豐富極了。她像一個吮飽了乳汁的嬰孩，在軟和的搖籃裡滿足地舞動著手足，咿咿呀呀地唱著歌兒。她望出去的世界充滿了歡樂與新奇，她得好好兒享受一下往後有

愛、有情趣的生活了。

　　光陰一晃眼就是六年，六年不能說是一段短日子，當
她陡然發現自己已經靠近中年，那一份貪歡狂熱的心情頓
時消失，而浮起一絲夜闌人散，酒醒夢回的清淒寂寥之感。
她才明白自己這六年來並不是在尋求愛，而是懷著報復的
心情遊戲人間，遊戲自己。她絲毫也不曾把生活作好好的
安排，而是白白地浪費寶貴的生命。如今，她清醒過來似
乎已太晚了，她已經不是一個年輕的女孩子，而是暮春時
節最後開放的一朵茶蘼花，是那麼的脆弱，再也經不起雨
打風吹了。她知道自己現在所要的是一個安靜溫暖的家，
一個真正懂得她心情變幻、欣賞她的美德、更能原諒她過
錯的丈夫。她要的是無限的柔情，無邊的體貼，而不是狂
熱得近乎野蠻的擁吻。她不再希罕這些了，這些粗野的動
作使她膩煩，使她忿怒，更使她感到空虛，因而她時常想
躲開眼前這個比她小十一歲的男孩子。她知道他喜歡
她──她只能想他是喜歡她而不是愛。愛應當像清涼的蜜
汁，沁浸著她的心，而她一直沒有這種感受。他從來沒有
靜靜地坐在她對面，向她款款地訴過心曲，或是半幻夢似
地談著未來的計劃。他更沒有提起過要跟她結婚，怎樣組
織一個甜蜜的家，怎樣消受後半生的幸福。他所要求於她
的仍只是一股勁兒的尋歡作樂。他像是什麼理想也沒有，

就只想陪著她笑笑、玩玩。當她心境暗淡、抑鬱寡歡時，他不但不能以溫和親切的語調安慰她，逗她高興，卻只會低著頭使勁踢著路邊的石子，或甚至氣呼呼地自顧自走了。因此她感到與他之間的距離越拉越遠，與他在一起，也越來越沒什麼可談的了。玩兒，真膩了，呆楞楞地你望著我，我望著你，又是幹什麼呢？她真想叫他離開她，往後別再理她，可是看他滿臉困惱不解的可憐相，她又於心不忍了。她該跟他怎麼說呢？怎麼說他也不會理會她這種心情的。於是她變得默無一言，陰沉沉地打不起一點精神來了。

這麼兩個心靈不能相通的人，廝守在一起，卻像各自躲在兩個陰冷黝黑的洞穴裡，望不到對方的面，也聽不到對方的聲音，越摸索越離得遠。「這樣分手也好。」她在心中喃喃著：「就算是我厭棄了他吧，他實在不是我所愛的人。他比我年輕那麼多，就如同比我年紀大十五歲的他一樣，絲毫也不能了解我啊！」

他倆從冷飲室裡出來，還是一句話不說，低著頭望前走。走到她的小房子門口，他想進去，她攔住他說：「你別進來了，我想歇會兒，這幾天你都別來找我。」

他聳了聳肩膀，苦澀地笑笑說：「好吧！不找你就不找你，免得你看見我就有氣。」

他掉轉身子，頭也不回地走了。

　　她打開房門，屋子裡黑黝黝的，窗帘都沒拉起來，她掀開窗帘，一眼望見牆角邊烏暗的煤油爐子、飯鍋子，才想起剛才和他在冷飲室耗了這大半天，連中飯都沒吃。桌子上滿是灰塵，她也懶得擦。肚子有點餓，她拉開抽屜，裡面還有昨晚吃剩的半塊鍋餅，和一撮已經受潮的油炸花生米。她取出來放在嘴裡嚼，乾巴巴的嚥不下喉嚨。暖壺、冷水瓶全是空的。她扔下鍋餅，把身子仰臥在床上，疲倦地閉上眼睛，像是要病倒的樣子。她只想就這麼躺著別再起來了，可是看看腕錶已近三時，她必須趕上班了。她幽幽地嘆了口氣，無可奈何地爬起身來，對著鏡子攏了攏頭髮。她望著自己慘淡的神情，因為夜來沒睡好，十分俊俏的眉梢眼角已隱約出現了魚尾紋。她愀然問著自己：「那一天，我可以不再從這間空空洞洞一無所有的屋子裡走進走出？那一天，我可以在家裡，為我心愛的丈夫縫縫補補，忙這忙那，而不必再去上這枯燥乏味的班呢？」

　　當她走出屋子，喀嚓一聲鎖上房門時，她感到鼻子有點酸酸的，眼睛也潤濕了。

最速件

　　下午下班的時候，科長吩咐我明天早晨七時就要來趕
繕公文。第二天，我起了個早，妻發了一整夜的燒我都不
能管了。吞了兩碗開水泡冷飯，三步併兩步地跑到辦公室，
抬頭看時鐘才七點差十分，我很滿意於自己的守時。坐下
來燃起一根新樂園，悠悠地等著科長光臨，好把稿子給我
打字。我抽完了一根煙、又一根煙，仍不見科長駕到。我
心裡惦著妻的病，孩子沒有餵奶。我想好在路近，先蹓回
去看一趟再來吧！可是如果科長來了怎麼辦呢！我應該在
打字機邊留一張字條，說明「半小時內一定趕回」。我提心
吊膽地回到家中，妻的脖子正掛在床沿上嘔吐，孩子在她
腳後大聲哭喊。我急忙捧起妻的頭，服侍她躺下，又給她
洗了臉，喝了幾口開水。再把地擦乾淨，床上的孩子已哭
得力竭聲嘶了。我抱起他來換了尿片，沖好奶粉給餵了。
一連串的事情做完，一個鐘頭已經過去了。我氣急敗壞地
奔到辦公室，見科長已經掛著一張鐵青的臉坐在那兒等了。

　　「科長，我早來了，因為看見您還沒來，所以湊空回

家看了下女人，她……她有病。」

　　他好像完全沒有聽見，只把一大疊文稿往我打字機上一丟說：

　　「主任祕書交辦，十二點以前交卷。十五張十行紙要縮打成十張，表格比原來式樣放大一倍半。」

　　我捧在手裡一看，上面塗改得像張天師的符咒，照得我頭暈眼花。我說：

　　「科長，字看不清楚怎麼辦呢？」

　　「看不清楚你就先謄清一遍。」科長的臉上像蒙了一層豬油皮，緊繃繃的。

　　「我要是看得出謄清，就乾脆打字了。」

　　「稿不是我辦的，是主任祕書交下來的，看不清楚的你去問他。」

　　「是。」

　　我唯唯的接下文稿，坐下來仔細研究字跡，大者如蠅小者如蟻，曲曲者如原蟲。再計算一下頁數與時間，十二時以前交卷，請了神仙的爸爸來幫忙，也趕不出工來。我又說：

　　「科長，這麼多，一上午實在趕不了。」

　　「趕不了再說，主任祕書來了你再問他。」

　　「是。」我奉命唯謹地應了一聲，就開始嗒嗒嗒地打

起來了。

　　我打到第二行，就眼花撩亂起來，恨不能放在顯微鏡下看個明白（當然囉，我希望的只是放大鏡）。我拿進祕書室看看，空空如也沒有人，科長又走了。於是我勉強地猜起謎來，實在看不清的，就拿鋼筆在紙上依樣畫道符。好的是，我猜的意思大部份都不錯，因為這一類的工作報告，四年來，我打了不止幾百次，看一字就可猜透全句，差不多的，我都會背了。我心想當祕書不難，當主任祕書更容易，由各單位的小科員埋頭苦抄的資料，拿到祕書室，由祕書塗改剪貼一番，再由主任祕書瞇起眼來審核一道，高興起來提筆勾去幾段，添上幾行，然後功德圓滿，剩下的就是我這個打字員的事了。我自思也算得上半個技術人員了，公家待我也不薄，剛來的時候，是底薪七十元的雇員，往後每年年終考成加五元。四年後的今天，我已經升到底薪九十元了。關係不在二十塊錢上面，而是上司對我勞苦辛勤的一番鼓勵，實在令我心感不盡。況且我知道「員」字輩的，雇員以上還有什麼「辦事員」，「專員」，「專門委員」等等，我自知學無專長，這一輩子也不夢想當專員專門委員，可是於五年十年之後，混個把辦事員，還不無希望，於是我打得越發起勁了。

　　十點左右，主任祕書大搖大擺地來了，他從鼻子裡哼

著聲問我：「打完了沒有？」

「報告主任祕書，」我站起來說：「上午實在趕不及，有許多字還看不清楚呢！」

「看不清楚？怎麼會看不清楚？」他又嗡嗡嗡地說。

我把文稿恭而敬之地遞到他面前，指著幾個墨團團，標點不像標點的字說：「請示主任祕書，這是什麼字？」

他拿在手裡，脫去眼鏡，倒過來，順過去看了半天，似乎他也認不大出來，就拿起筆索性把認不出的圈去，另外換了兩個字。

「科長呢？」他問。

「大概跑開了！」

「他怎麼可以跑開呢！我是交給他的。」

「是，主任祕書。」

「以後有看不清的就問他，我還得趕旁的事呢！」

「是，主任祕書。」

我一面連連答應著「是」，一面心裡納悶，為什麼他自己搞的東西自己看不清楚，如果科長老不來，我是否也可以把看不清楚的字圈去，另外換上幾個字呢？我忽然記起來自己還是一個三等雇員，別得意忘形了。

機聲嗒嗒，飢腸轆轆，主任祕書吩咐不許回家吃飯，以免耽誤時間，我只好在門口買了兩個饅頭，一面嚼，一

面打，不爭氣的機器又出了毛病，速度越發減低，到下午
三時，才把它趕完了，共計十行紙十張半，表格四張。我
必恭必敬地送進祕書室，主任祕書正清茶一杯，與另一位
祕書悠哉遊哉地抽煙談天，角落裡一位先生在埋頭苦寫。

「報告主任祕書，工作完了。」我說。

「叫你打成十張，怎麼多了半張。」他拿在手裡翻著，
盛氣凌人地說。

「報告主任祕書，再也不能少了，有這許多字啊！」

他把它遞給對面的祕書說：「你校對一下吧，我還有
事！注意！一個字也不能錯。」他又回頭吩咐我：

「不要跑開，馬上還有一個最速件要打。」

「報告主任祕書，機器有點毛病，要加油了。」其實
我這個「人」才正需要加油呢！

「為什麼不早說？」

「沒有時間說。」

「那麼你用鋼板鐵筆寫吧，七點鐘以前給我。」

「我要回家吃飯啊！」

「買點東西吃，開膳費好了！」

「是。」我明知膳費只是一句話，是渺茫而又渺茫的，
可是主任祕書開口了，想來不至有問題。

於是我又寫起鋼板來了，我真頗為得意自己的允文允

武。看看寫的內容，與剛才打的差不多，只是剛才直寫，現在橫寫，不知道為什麼要搞那麼多種樣子？難怪祕書辛苦了。

晚上八點整，最速件又完了，共計蠟紙九張。

第二天，我寫一張加班報告，送呈核發膳費。

總務科長的臉也像蒙了一層豬油皮，繃得發亮。半天，才給我一張鈔票。

我接下了那張稀爛的十元新臺幣塞在口袋裡，坐在打字機前面，心裡打算著，趕緊給孩子買件汗衫罷。

歸去來兮

　　不知怎麼的，她會一個人踽踽地走到這杳無人跡的荒山中，山風捲起了她單薄的衣衫，拂亂了她披肩的長髮，她被吹得立腳不定，拉住一把草根才勉強站住了。她閉緊了嘴，瞇著眼望灰沉沉的天空，陰雲從頭頂飄過，幾隻寒鴉悽悽惶惶地在尋找窩巢。老樹伸著光禿禿的枝幹，片片枯葉飄落在她的身上，她拂去了，又飄來一些，沙沙之音似在向她低訴衷曲。她無可如何地嘆了一口氣，疲倦的身子坐在一堆不平坦的石頭上，心中惶惑悽涼而寂寞。她想起了丈夫，他找不到她該多麼著急啊！她怎麼會丟棄他跑到此處。如今她已迷了方向，找不到歸途。將近黃昏了，誰為他張羅晚飯呢？可能他晚上還有一個會議要出席，家裡沒有人，他夜深回來空洞洞地，餓了誰為他燒點心？明天的襯衣領帶又是誰給他熨平，她越想越著急，淚珠涔涔地滴落在荒草中。

　　淚眼模糊中，看見一位鬚眉皆白的老者，青鞋布襪，扶著拐杖，遠遠地走來，她有如絕處逢生，趕緊站起來迎

上去喊：

「老伯伯，你能告訴我回家的路嗎？」

「你要回家？你的家在那裡呢？」老人撫著鬍鬚憐憫地問。

「我找不到方向，可是您能帶我走出這座荒山嗎？」

老人沒有回答，卻把拐杖的一端遞給她，叫她雙手緊捏著它。

「跟我走，」老人簡單地說。

她隨著他很快地跑，只覺身子翩翩欲舉，轉了不少山谷，眼前忽然出現了另外一個世界，水晶似的藍天綴著幾點稀星，月光灑落在山坡間一批琉璃瓦的矮屋上，閃著柔和的光，這是個銀色的世界，她的心頓時浸入一片恬靜的氣氛中。

「到了！」老人停止了腳步。

「這是什麼地方，老伯伯。」

「這是你應該來的地方。」

「可是我要回家啊！我的家呢？」

「你還懷戀著家嗎？可憐的女人，你不知道你已經沒有家了。」

「為什麼？」

「現在你不必問，過些時候你自然懂得了。」

老人嘆息了一聲，帶她走進一幢小小的矮屋；屋子裡明亮如晝，陳設簡單，一桌一椅一床外，再沒有旁的了。

「這是你的屋子，你且安心住下來吧！」

她望著老人的臉，慈祥裡透著嚴肅，她不敢多問，只得茫然坐在床沿上。床上的被子摺疊得很整齊，她伸手去摸它，只覺細膩柔軟，辨不出是什麼料子，她四肢疲乏萬分，不由得倒下身子，昏昏睡去了。

她從夢中哽咽著醒過來，不知自己睡了多久，卻見老人已捻著銀鬚站在她面前。

「可憐的女人，你終究睡著了，現在你願意我帶你到家裡去看看嗎？」

她一下子跳起來說：

「老伯伯，謝謝您，快帶我去吧，您是多麼仁慈啊！」

他又把拐杖的一端遞給她，這一次，他命她閉上了眼睛，她只得從命了。

她只聽得耳邊一陣呼呼的風聲，等他命她張開眼來時，已停步在她家後門口了。後門半掩著，她習慣地側著身子輕悄悄地進去，在暗淡的燈光裡，見廚房凌亂不堪，爐子冷冰冰地沒一點火星，鍋蓋上滿是灰塵，看上去好像幾天未曾舉火了。碗櫥也敞開著，蟑螂在裡面亂竄，她目睹這情形，深恨自己不該無緣無故地跑出去這麼久，把家丟下

來，荒蕪得不成樣了。

　　她又放輕了腳步，走進臥室，深怕驚醒了他，啊！原來他還靠在椅子裡，閉著眼睛打盹兒，他一定是在等妻子回來吧！她走近他身邊，就著昏暗的燈光仔細端詳他，他眼睛有著黑圈，形容憔悴，看去他已是幾晚失眠了。他手裡的書落在地上，她走近看看原來是她的日記簿，他竟在偷看她的日記呢！她心裡好笑，伸手輕輕地搖撼著他的手臂，可是他一動也不動，好像她的氣力太小了，搖不動他。她就著他耳朵輕喊他的名字說：「你醒醒呀！這樣會著涼的，你看我已經回來了！」可是他轉一下臉向裡還是不作聲，她沒奈何，想在床上取一條毛毯蓋在他身上，可是奇怪，她竟是手腕無力，再也舉不動那毯子。她廢然離開臥室，走到書房裡，這一下可把她驚傻了。她一眼看見自己的放大照片高高掛在書桌正中的牆壁上，書桌上放了兩盤水菓，兩碟糖，一束鮮花，香爐裡三炷香尚冒著嫋嫋餘煙。這是怎麼會事，他為什麼要把她這樣供著呢！他真的以為她不會回來了嗎！她又心慌又困惑，只是向後退出屋子，冷不防一陣門風，把她吹得遠遠地。拉住了門帘，她又支撐著回到臥室，卻看他已上了床，臉向裡睡著了。她嘆息著在床沿坐下來，想起了許許多多的事情，一時恨不得馬上與他訴說，可是他沉睡著，他竟是一點也未曾覺察她的

歸來。她的心陡地感到一陣悽涼，再看看他脫下的外衣，領子的線縫脫掉了，扣子也掉了兩粒，可是她手腕軟弱得連針也拿不動，只得又起身走到大門口，老人還遠遠地站著等她，他向她招招手說：

「你看過你的家了吧！」

她懊喪的垂著頭。

「現在跟我回去吧！」

「回去！」她驚訝地問。

「嗯！回到你該去的地方，你那座小屋子裡。」

「老伯伯，我太迷惑了，這究竟是怎麼會事，他為什麼把我的照片供起來？」

「這是因為，因為你……」老人忽又忍住了。

「因為我什麼，你告訴我吧！」

「因為你已經離開那世界，離開他了！」

「然而我只是一時迷了路，我並不是願意這樣做的啊！老伯伯，你能回去代我喊醒他，向他解釋一下嗎？」

「不能，」老人搖搖頭：「世人都以為自己是一時迷失了方向，都不願意離開世界，可是他們還是一個個得離開！」

「我為什麼不能再回去呢？我不願與他分離。」

「可是你們必須分離了，」老人又嘆息了一下，「你知

道天下沒有不散的筵席嗎？況且你再回憶一下，就是你們
在一起時，你們難道每天都是快樂的嗎？他從來沒有使你
氣惱傷心嗎？」

她默然了，她記起了數不盡的次數，他冷淡的面孔或
暴躁的神態，曾使她背著他酸淚偷彈。她記起了他多少次
的疾病，曾使她心神交瘁，憂焦欲死。這一切事後想想感
覺有趣，可是當時的痛苦卻無人能為她分擔。她想著想著，
淚花迷糊了她的眼，她抬頭望老人，茫然說不出一句話來。

「跟我走吧！在那小屋裡安心住下來，住一個時期你
就習慣了。」

「那兒的每個人都是這麼自顧自地住著，老死不相往
來的嗎？」

「人情之愛，莫過於夫妻親子，可是即使這樣的愛，
也往往會因某一種原因而幻滅，因為患得患失，猜疑妒忌
是人類的本能，也就是摧損人類愛的最大原因，我們那兒
每一個都是過來人，他們都深深嚐過『愛憎貪痴』的滋味，
他們都已死心塌地願意過自顧自的生活了。」

她心中不能完全相信老人的話，她在想他的心情太冷
酷了，奇怪的是他好像已猜著了她所想的，他說：

「你不懂得，最冷酷的人，就曾經是最熱情的人，他
的心像火山的口，曾經熱烈地冒過多少次，可是現在已

經死去了！」

「老伯伯，你有過愛嗎？」她迷茫地問。

「愛？當你沒有愛時，你想得到它。可是當你失去時，你又寧願從來沒有得到過它，我就是屬於後者。」

「那麼你也是傷心人了。」

「如果我是傷心人，我就不會有這樣長的白鬍鬚了。」

「真的，我很少看到世上有像你這樣美的白鬍鬚的人。」

「那是因為世人的憂傷太多了！」

她一路跟他回到小屋中，屋子裡依舊是那麼亮，亮得像水銀，蔚藍的天空飄著白雲，也閃著星星，許多人在屋外的森林裡嬉戲著，臉上堆著愉快的笑，他們玩倦了就各自回到各自的小屋中，可是她始終沒有參加他們遊嬉，因為她還是眷戀著家。

不知過了多少年月，又一個月明星稀的深夜，她躑躅著找回到家中，仍舊想從後門進去，可是後門落了鎖。她走到前門，也關得緊緊地，她不願驚動他，到屋旁從書房的窗子裡望進去，裡面還亮著燈，第一眼就看到書桌正中牆上她的放大照片取下了，桌上的水菓碟也沒有了。在另一個方向掛著丈夫和另一個女子合攝的結婚照，那女子非常美麗，丈夫也容光煥發，她上次來時看見的一臉憔悴都

沒有了。她對著照片，忿憤妒忌從心底燃起來，急急跑到臥室的窗外，深紅色的窗帘低垂，一線溫柔的燈光從帘裡透出來，她附在窗外屏息傾聽：

她聽見丈夫嘆息了一聲。

「你為什麼嘆息？」是女人的聲音。

「明天是她的三週年忌辰，我想去她墓上獻一束花，你願意陪我去嗎？」

女的沒有回答。

「怎麼，你不願意嗎？」

「不是不願意，你常在我面前提她，總使我打著寒噤。」

「為什麼？」

「你忘不了她。」

「難道一個深情的丈夫是應該健忘的嗎？」

「不是這意思，你忘不了她，就表示不滿意我！」

「這只是一點紀念的意思，她已去世就什麼都完了，我祭她，她也不會知道。」

「可是你心裡還記著她啊！」

「你跟死去的人還要吃醋嗎？」

「你不知道，人心都是一樣的，沒有愛就沒有妒，我要你整個的身心都屬於我，所以聽到你常提她，就由不得

有點不自在了。」

丈夫不說話了，她聽見他的手拍拍那女人，像他從前拍過她那樣。

她這才恍然大悟，她已經是死去了，不但是從世上死去，更從他的心裡死去了。她也明白了什麼是愛，愛就是自私、佔有、猜疑、忌妒，多醜陋的人生相啊！

她黯然離去臥室的窗口，飛奔地回到自己的家中，家，這小屋現在已經變成她的家了。

老人在月光裡飄著銀鬚迎接她，他依杖微笑說：

「你現在明白了吧！」

「明白了，我已什麼都明白了！」

於是她出外與大家一同遊玩，他們沒有人動問她是從那兒來的，也不問她的姓名，就和善地牽著她的手，她們一同在菓樹林中跳舞，在溪邊濯足，在幽谷中放聲歌唱。像一群無憂的小孩，任情馳騁在翠綠的原野上。因為她知道，在這個世界裡，人人都只有一個人，也人人都是朋友，她不用關心什麼人，也不會厭惡什麼人。她們之間沒有悲歡離合，也不必愁風愁雨，她們享有的是燦爛的星光與月亮，是秀麗的山澗與森林。她們可以無分彼此地相親相愛，不計年月地盡情嬉遊。從年輕一直到老去，讓清霜飛上兩鬢，然後像那位老人似地翩躚舉步，策杖閒吟，冷眼看繁

華的世界，芸芸的眾生，既漠然無動於中，自不用唏噓嘆
息了。

兩　代

　　趙大媽在水槽邊洗衣服，聽得屋子裡孫兒在大聲地啼哭，她張著一雙濕漉漉的手，連忙跑進屋子，想把孫兒從搖籃裡抱起來。卻見兒媳婦玉華站在桌子邊調奶粉。趙大媽拉起圍裙擦擦手說：「怕是餓了，你先給他吃幾口自己的奶吧！」

　　「哭幾聲不要緊的，媽。」兒媳婦笑著說。

　　「他哭了好久了，小心眼淚流到耳朵裡去。是不是尿片又濕了？」

　　「剛換呢！小傢伙性子急，讓他哭吧！哭也是運動呀！」

　　可是趙大媽實在是捨不得她的孫兒哭得這麼累，她一隻手拍著孩子，一隻手去抹掉他眼角的淚水，兒媳婦說：「媽，我另外有一塊軟細布專給他擦眼淚鼻涕的，讓我來吧！」趙大媽只好把手縮回來，覺得左右幫不進忙，就又回水槽邊洗衣服去了。

　　她一面洗衣服一面想著：「那有這樣帶孩子的，我生阿

沖的時候，我婆婆就只教我三件事，孩子不要凍了，不要
餓了，也不要吃太飽了，就一輩子不會生病，阿沖就這麼
順順當當帶大的。沒像他們這麼許多規矩，這樣髒，那樣
不要動，孩子哭得嗓門兒都啞了，還說是運動呢！婆婆說
過的，孩子舒舒服服就不會哭的，哭一定是那兒不舒服，
他們年輕人那兒知道，還是第一個孩子呢，就這樣作踐他。
整天捧著什麼育嬰法，調奶水也要照著上面說的，書上只
是寫寫的，那就當真了。」她想起婆婆在世的時候，她老
人家是多麼疼她，月子裡，樣樣都給她想得周到，屋子裡
關得一絲兒風不透，天天是雞湯掛麵，雞蛋燉酒，肚子湯，
吃得她肚子都撐了，滿了月還不讓她下地，不讓她吹風。
婆婆只她一個兒媳婦，時常說「女兒養大了是人家的，兒
媳婦才是自己人」。她心裡感激婆婆，什麼都聽她的，她也
只生阿沖一個兒子，婆婆疼得他心肝似的，她就全交給婆
婆照顧了。如今阿沖娶媳婦生了兒子，她要像當年婆婆照
顧她那樣的照顧兒媳婦，帶阿沖那樣的帶小孫兒，偏偏兒
媳婦一樣也不聽，跟阿沖說，他也是這樣，阿沖總是說：
「媽，您就少操點兒心吧！我們有我們帶孩子的方法，跟
您那個年代不同了。」阿沖是她自己的兒子，如今也嫌娘
過時了，這個潮勢還有什麼說的。她深深嘆了口氣，把衣
服一件件晾出去，孩子的尿片飄舞在風中像萬國旗，她想

起從前阿沖的尿布就沒這樣多，顏色也不是這樣白塔塔的，那都是藍底細白花的厚粗布，又能吸水，不必換得那麼勤，免得老把孩子肚臍眼兒涼在外面吹風，如今他們什麼都喜歡白的，白的就是乾淨的，真是的。

她一面思忖著，一面進廚房看看是不是已經煮飯了。阿秀正在開著水龍頭淘米，大把大把的米都沖在水槽裡，她看不過，拿個盆子接在淘米籮下面，又伸手把水龍頭關上了說：「不要這樣沖啊，阿秀，你看米都沖跑了，放滿一盆水，慢慢兒的洗，洗過後再換一盆，水也省，米也不會糟蹋，糟蹋了米造孽的，你們年輕人就不曉得愛惜。」

阿秀噘起一張厚嘴唇，把米籮一推說：「老太太，要就你來洗吧，我洗就是這樣洗法。」

「好好，我來洗，你去洗菜吧！」她接過淘米籮來，浸入水裡，一隻手慢慢兒在米裡轉著淘著，又在櫥裡拿出個飯碗，把米裡的穀子，仔仔細細地揀出來放在碗裡，「這是寶貝東西，一粒也糟蹋不得咧！」她低聲自言自語著。又抬頭看看櫥背上的鬧鐘已經指著十一點了，就催著阿秀說：

「阿秀，快點啊！魚還沒殺呢！老先生和先生快回來了。」

「怎麼快，我只有一雙手。」阿秀沒好氣地。

「阿秀，小姑娘說話不要這樣粗聲粗氣的，你聽，我不是好好兒跟你說的嗎？」

「老太太，你真嚕嘛，太太就從來不說我快啊，慢啊的。」

「太太不管廚房裡事，她就不說你，我說你要你好，阿秀。」

阿秀沒理她，玉華卻正在這時進來灌熱水壺，聽著她婆婆和阿秀說話，抿著嘴笑笑說：

「媽，您就進裡面歇會兒吧！讓阿秀做好了，忙什麼呢！」

「忙什麼？一會兒他們回來嚷肚子餓，我幫著做還來不及呢！」趙大媽覺得孫兒的事她插不進手幫著做，廚房裡的事可以痛痛快快地做了，兒媳何必又要來攔著她呢！她看看玉華身上只穿一套薄薄的絨布睡衣，領子敞開著就跑出來了，她連擺手說：「你快進去吧！這兒風大，你還沒滿月呢！瞧你襪子也不套一雙。」

「不要緊的，媽，大夫說應當出來走走，運動才好。」

這些話趙大媽實在聽不進去的，若再多說幾句又要被她嫌老古怪，只好低著頭自顧自洗米了。

不一會，她丈夫趙德昌回來了，他笑瞇瞇地覷著後面一直進廚房裡來，看趙大媽又站在水槽邊，就問道：

「你又在忙什麼？」

「洗魚，阿秀來不及的，」她把剛才那個盛穀子的碗遞給丈夫說：「你把這穀子去倒給雞吃。」

「算了吧！太太，這幾粒東西。」

「罪過的呀！你如今也跟他們年輕人學了。」她向丈夫一瞪眼，趙德昌只好笑笑，把碗接過去倒了。回來他就在一張竹椅上坐下來，從口袋裡取出個煙斗，裝上煙抽起來了。

「你抽的什麼怪煙，一股子霉乾菜味兒，倒是挺香的。」

「這是板煙，阿沖特地托朋友買來給我的。」

「貴嗎？」

「比抽香煙還省。」

「省就好，我說你們父子倆抽煙的錢就白糟蹋，一天的煙錢，買菜都差不多了，阿沖還要抽好的，新樂園都不抽。」

「太太，我就說你多操心，阿沖如今掙錢多了，他們喜歡吃好的，那像我們那時候，你時常咕嚕咕嚕的也不好。」

「我幾時咕嚕咕嚕，我只不過跟你說說吧了。」

趙德昌又咧開嘴笑了，他看老妻總彎著個腰做不完，

就說：

「你還不歇會兒呀！」

「你不用管我，進屋去喝茶吧！我幫著摘了豆芽就沒事了。」

阿秀起油鍋炒青菜了，只撥了幾下就要盛起來，趙大媽攔著說：「還沒熟呢！再加水多煮。」

「再煮維他命全沒了，太太吩咐過要吃生一點的。」阿秀的嗓門兒越高了。

「維他命」，又是「維他命」，趙大媽覺得好笑，知道自己燒的菜不對兒子媳婦口味，不如讓阿秀搞去，只得洗洗手進屋裡找老伴兒說話去了。

趙德昌進屋靠在藤椅裡看報，見老妻進來，放下報紙說：

「有阿秀在做，你何必老這麼忙來忙去的，咱們年紀大了，也該享享老福了。」

「我就閒不來。」她說著，拿手抹抹額上的汗。她覺得老伴兒這樣體貼她，心裡著實的高興。

如今可真是老夫老妻了，她想起二十幾歲的時候，丈夫在外做事，沒有帶著她，人家告訴她丈夫另外有了個女人，知書識字的，恐怕要討了做二房，把她擱在一邊不管了。她聽了雖難過，卻想丈夫一向本本份份的，對她也好，

怎麼會一出門做事就變了心，若真是這樣，也只怨自己命苦，做女人的總是只有順著丈夫，他要討二房也只好由他。她把聽來的話告訴婆婆，婆婆卻搖頭說：「我的兒子不是這樣的人，你別信人家的。就是真有這會事，男人家有了一官半職在外面，那是免不了的，也沒有什麼要緊，一回到家裡來就好了。」婆婆都這樣說，她就只有放在肚子裡傷心，好在她已生了個阿沖，丈夫變了心，將來總還有個指望，她就一心一意跟著婆婆克勤克儉的過日子，不到兩年，丈夫回來了。他紅光滿面興高采烈的來接母親妻子一道上任所去了。她這才放了心，想想那些話全是謠言，就連問也不問丈夫了，她想著想著，只顧瞧著丈夫笑。

趙德昌望著老伴兒額邊飄著的幾根白髮說：「你今年是五十八了吧！」

「比你小兩歲，你忘啦。」

「太太，我們是結婚整三十年了，阿沖說這叫做什麼銀婚呢！」

「什麼金婚銀婚的，你也不害臊。」

正說著，門外腳踏車戛然而止，他們的兒子一沖也回來了，他雙手捧著兩個匣子，恭恭敬敬地放在桌上說：「爸爸，媽，這兩樣東西是送給您倆老人家的，爸爸一條領帶，媽一件衣料，是我跟玉華商量了買的。」

「阿沖，你幹嗎買了這麼貴的東西呀！」趙大媽吃驚地喊起來。

「媽，您忘了，再過五天，就是您倆老的銀婚紀念日呀，媽趕著把衣服做了，請幾個至親好友來家裡熱鬧一下。」

「阿沖啊，你真是的。何苦化這冤枉錢，孩子的滿月酒倒是要緊的。」

玉華已抱著孩子過來，孩子張著烏溜溜的眼珠望著天花板，小圓臉紅噴噴的，鼻子一張一張的，他已經吃飽睡夠了。趙大媽起身要去關窗子，怕孫兒和玉華受涼，一沖攔著說：「您別關窗戶，空氣要流通才好啊！」

趙大媽聽了，又是他們新式的說法，只好不關了，一沖打開匣子，取出一條深灰色夾紅細花領帶，遞給父親說：「爸爸，您可喜歡？」

「這樣花的領帶？」趙大媽說。

「很好，上了年紀倒是要打花一點的領帶。」趙德昌哈哈笑著，又唧起了煙斗。

玉華放下孩子，在匣子裡取出衣料給婆婆看。

「噯呀！我怎麼穿紫紅的呀！」

「喜事總要穿花點的，跟爸爸的領帶正配。」一沖說。

「好穿好穿，這叫做返老還童呀！」趙德昌又大笑說。

　　「你們真是新派，就沒一個聽我的。」趙大媽簡直是生氣地說，又搖搖擺擺地到廚房裡看阿秀是不是把豆芽菜都燒好了。

患難之交

　　打過了十二點，同事們都紛紛搭交通車回家了。我的家在木柵，中午只好帶便當。我伸了伸麻痺了的四肢，謹慎小心地把公文放進抽屜。較大的卷宗，搬進了靠桌子的一隻破舊公文箱。這隻洋鐵皮箱子，自從我進機關起就追隨我，算來已整整五年於茲了。它原是清清潔潔，方方正正的，五年來的忍辱負重，卻使它變得既老又醜，面目全非了。兩個角瘸得像老太婆的嘴巴，差點連蓋子也蓋不嚴了。我無限憐惜地撫著它的背，把鎖輕輕套上，然後坐下來打開我的便當。

　　妻今天為我做的是兩塊不算小的乾菜煨肉，兩條臺灣小魚，幾片泡菜。飯雖冷了，一股香味仍是撲鼻而來，飢腸轆轆的我，吃起來格外滋味。我一面吃，一面在心裡感謝妻的細心體貼，魚肉蔬菜，樣樣齊備。昨天是一個荷包蛋，牛肉鹵豆干，都是好菜。妻怕我天熱吃不下飯，所以總揀好的給我做上，剩下的給孩子吃，她自己吃什麼我是有數的，一碟子炒酸菜，一碗絲瓜湯就可以送下兩大碗飯。

我正吃得香，忽聽一個沙啞的聲音說：

「喂喂，慢慢兒吃，當心噎住喲！」

四顧無人，聲音是從公文箱裡發出來的，我不由吃了一驚，停住筷子問：「是誰在說話？」

「我，您的老朋友。」果然是他，瘋著的嘴角咧開來，露出譏諷的笑。

「是你，」我倒釋然了，「你怎麼說起話來了。」

「早想說了，直忍到今天。屋裡沒人，咱們聊聊。」

「咳咳，老朋友，我們倒真是老朋友了。」我慨嘆地說。

「可不是，五年了，我們守在一起。日子過得不算慢，您當了五年的收發了。」

「哦！五年的收發不算長，還有當一輩子的呢！」

「可長進點什麼？」

「重了五公斤。」

「不說這個，肉長了不希奇，我問的是您長了多少經驗——學問。」

「學問？」我嚥下了最後一口飯，用手帕抹抹嘴角，搖搖頭說：「當收發談什麼學問，每天兢兢業業地，不求有功，便求無過就算不錯了。八小時打發過去，回到家裡，與老妻話話家常，抱抱孩子，有興致自己寫幾句歪詩，就

心安理得了。」

「我說嘛，您就沒有長進什麼？您沒有處世的學問，就一輩子做人家的墊腳石。」

「什麼叫墊腳石？」

「您看前年剛來的那個瘦長條兒，先是幫您做收發文表的，不到兩年，就升了辦事員了，您還是個雇員，不成了他的墊腳石嗎？人家一個個從您頭上踩過去，您還樂呢？」

「你別瞧著人家升辦事員眼紅，你看那瘦長條兒不是越來越瘦得露筋露骨，鼻子尖兒也越發地望下掛了。他不是常聽科長的官腔嗎！這年頭要拶得起官腔的才升得了官。」

「葡萄吃不到是酸的，您老兄也只好這麼說就是了。」

「我說的是真話，像我們芝麻菉荳人員，天高皇帝遠，倒落得自由自在，你看那些祕書先生，伴君如伴虎。一朝長官下了臺，他也吃不了兜著走。不像我這口苦飯，沒人來爭。」

公文箱發出呵呵的笑聲，大為贊嘆地說：

「對，您說得對。我這五年來隨著您，也可以說閱人多矣，閱世深矣，虧得我肚內好撐船，什麼事只看在眼裡，記在心裡，一聲兒不語言。」

「你倒是見了些什麼？」看他那副得意洋洋的樣兒，我問他。

「您想，全機關的公文進進出出全經過我，那個升遷啦，那個降調啦，那個傳令嘉獎啦，那個明令申斥啦，統在我肚裡，不瞞您說，好多人跑到我身邊來，有的喜溢眉宇，有的愁眉苦臉，都想在我肚裡哄出公事來瞧瞧。我看著這些人不順眼，總是擺出神聖不可侵犯的態度，從喉嚨裡咕嚕著說：『你們做官的可知道保密二字嗎？』他們一個個只好啞口無言地走了。」

「你真是我的忠實朋友。」

「跟您一起，精神痛快得很。記得有一次您生病，請了幾天假，工友把我搬去放在文書科長身邊，他來來去去用腳踢我，可把我踢惱了。想找個機會報復他，正好他要找件公事，想打開我的蓋子，我就緊緊咬著牙不讓他開啟，他使勁太大，一下子把手戳破了，出了好些血，嘴裡罵著：『這種爛箱子還用。』我想，別看這爛箱子，我倒是有骨氣，不像你媚上欺下。你怎麼升的官，我可知道得清楚。托什麼委員寫的八行書，長官賣了面子升了你，回信就從我肚裡過，你在我面前擺什麼威風。我再想想還是忍一下好，禍從口出，免得當了五年的公文箱，還落得個粉身碎骨，您說可對？」

　　他的聲音越說越響，彷彿幾年的悶氣都在這一下出完了。我笑嘻嘻地看著他興奮的神情，尤不勝知己之感。

　　「老兄，說句知心話，」他又輕聲地說：「有朝一日反攻大陸回老家，可別忘了我跟您這幾年，帶我一道走啊！」

　　「那還用說。」

　　「那時候，我已老朽不堪，公家不會要我了，您就把我作為您自己的書籍，在我肚子裡裝了您心愛的書籍，得意的文件，我也就滿腹經綸，擺脫一身俗氣，我一定好好為您保管書籍。回到家鄉，您把我放在您的書房裡，雖比不上人家的樟木書櫥，到底我們是多年的患難之交，您不會嫌我寒傖，我也不會嫌您沒有飛黃騰達的。」

　　我萬分感動的點點頭，他又咧開瘔嘴巴爽朗地笑了。

媽媽離家時

　　昨晚，我又忙到快十二點才休息，靠在枕頭上，好久好久都睡不著。睡不著好難受，我又不敢開燈，怕吵醒小妹，只睜著眼睛望著灰濛濛的窗外。雨又淅淅瀝瀝地下起來了，我忽然想起阿珠下午洗的衣服都晾在曬臺外面，不知她收進沒有。阿珠一點都不聽我的話，叫她等明天洗她偏洗了。還噘起嘴說：「你不懂，別管我。」她就欺侮我不會家務。媽媽出門了，她就封起王來。她炒菜不是太鹹就是太淡，吃慣了媽媽親手做的菜，吃她做的真差勁。爸爸好幾次大聲地說：「阿珠，你怎麼搞的，自己也不嚐嚐。」她嘴噘得更高了，說：「用不著發那麼大脾氣，我不做好了。」一聽說她要走，全家都忍氣吞聲了，連小妹都把小舌頭一伸，對我做做鬼面。我就奇怪，媽媽在家的時候，從不粗聲大氣跟阿珠說話，阿珠也跟她有說有笑的，不像現在這樣拉長了臉。媽媽真有一手。媽媽說去南部看外婆頂多半個月，現在已經快一個月了，還不回來。再不回來我就要開學了，每天的便當沒有媽媽做，我簡直就沒轍了。

媽媽給我做的便當真是精彩，每天換花樣。炒麵、餃子、燴飯、包子，每頓打開盒子，都給我一個意外的驚喜，吃的總像不夠的樣子，從來吃不厭。便當盒子帶回來，媽媽拿起來一搖是空的，她就笑。媽媽的笑容像一朵花。我每夜把媽媽的笑容帶到夢裡去。

可是這幾晚，我等待媽媽的心情太焦急，媽的笑容在我夢中消失了。浮在我心裡的卻是媽皺著眉的愁容。媽是時常發愁的，愁爸爸工作太辛苦，吃不好，休息不夠，愁我功課太重，愁小妹生病，跌跤。現在更愁外婆的病不會好。啊，我恨不得趕到臺南去看媽媽和外婆，可是怎麼行呢？媽不在，我得負起管理家務和看管小妹的責任，怎麼可以走呢？爸爸一回家就得吃飯，五歲的小妹，被爸爸寵得像個女皇，媽不在家，她就天天製造糾紛，動不動就亂叫亂跳，我連碰都碰她不得。爸爸呢，唧著煙斗，坐在一邊只是咧著嘴笑。倒是阿珠還制服得了她，真把我氣昏了。阿珠那副言笑不苟，神聖不可侵犯的樣子，我真看不來。可是媽媽總是說：「阿珠做事有條有理，又愛乾淨，又負責，脾氣大點就依著她點兒。」媽媽這種好脾氣人那兒有呢。

翻來覆去的睡不著，眼睛都閉酸了，常聽媽媽說失眠，我現在也懂得失眠是怎麼一種滋味了。想起平時躺在媽媽

身邊，母女倆有說不完的話，學校裡有什麼有趣的或是嘔氣的事，我都一五一十說給媽媽聽。有時我把老師或同學形容得活靈活現，她就笑著說：「小玫，女孩子的嘴不要學得這樣刻薄。對人不但要用友愛的態度，更要有友愛的心。」遇到功課上受到打擊，使我心灰意懶時，媽媽就輕鬆地說：「不要緊，下次再來過。」啊，依靠著媽媽，真叫人心裡感到平安幸福。可是我總覺得媽媽太忙，跟我談話的時間還不夠多。現在媽媽出門了，我才管了幾天家，就知道家務事原來是忙不完的。半個多月來，我好像已經長大好多好多了。

我給媽媽寫信，告訴她我多麼盼望她快點回來，小妹又是怎樣的不聽話，可是想了想還是撕了。我不能使媽心掛兩頭，只得寫道：「媽，我們都很好，爸爸吃飯胃口很開，睡覺鼾聲如雷，小妹乖得跟公主一樣，阿珠也沒和我嘔氣。」我這不是在騙媽媽嗎？為了使媽媽好安心多陪幾天外婆，我只好這麼寫了。可是最後我還是忍不住寫道：「如果外婆病好了，您還是早點回來，因為我有一件心事要跟您說呢。」

心事，是的，我是有一件心事，那是無法向爸爸說的。爸爸永遠說我還小、還小，小得連愛情電影都不許我看。他那兒想得到，我已經長大，已經有心事了呢。那個男孩

子又給我來信了，他的第一封信，我給媽媽看過，媽媽一聲不響，一雙眼睛望得我深深地，半晌才說：「小玫，你已漸漸長大了，長大後有長大後的朋友。男孩子對你表示好感，你千萬不要驚慌。不要不理他，也不要寫熱情的信給他。使友誼在冷靜中培養起來。有什麼猶疑不決的儘管跟媽商量，千萬不要放在心裡不說。」

　　我現在就正在猶疑不決中，我已經收到他第三封信了，要不要回他呢？我們是在禮拜堂裡認識的，他非常的彬彬有禮，長得又討人喜歡，相信他一定是個有教養的好男孩子，我是不是可以跟他做朋友呢。奇怪，這幾天除了想媽媽，就不由得也會想起他來。想起他時，就有點心神不定的樣子，如果媽媽在，我伏在她懷中，跟她一說，就不會這般煩惱了。我現在只好把話寫在日記裡。今晚我在寫日記，爸爸進來看，我就連忙把日記本關上了。爸好像有點不高興的樣子，問我說：「小玫，你在寫什麼？」我只好老實告訴他是寫日記，爸坐下來，慢條斯理地噴著煙，半晌又問我：「都寫些什麼內容呢？」這叫我怎麼說呢？我期期艾艾地回答：「心裡想什麼就寫什麼。」爸說：「日記是練習寫文章，每一段應當有個主題，比如閱讀感想啦，時事批判啦，生活檢討啦等等，不要儘是寫些空話。」什麼是「空話」呢，我在課堂上寫的作文才是空話連篇，日記卻

句句都是內心的真話。可是這些真話，爸看了一定不順眼，爸是個非常嚴肅的人，只有對小妹，就露出滿臉的笑容。對我總是用教訓的口吻，比如說我每星期去教堂，他就說：「小孩子做什麼禮拜，有這時間應當多念點書。」我說：「媽說宗教是心靈上的寄托。」他說：「何必向外面找寄托，佛家說我心即佛。我就只相信自己。」我忍不住反駁：「佛不也是宗教嗎？」爸瞪了我一眼，卻並沒有責備我，就沉著臉走開了。我望著爸寬闊的背影，只覺得和爸之間距離是非常的遠。媽時常以溫柔的聲調對我說：「你只要看你爸壯健的身軀，寬闊的肩膀與胸膛，你就有一份安全感，你爸是位了不起的男子漢。」媽邊說邊以深情款款的眼神注視著爸，她對爸的信賴與感受也感染了我。我但願能多了解爸一點，也但願爸對我能有媽一半那麼溫和的態度我就很快樂了。

　　夜已很深，真有想不完的心事，也有要跟媽說不完的話，但我都沒有寫在信中，仍是簡簡單單那幾句話。封了信，貼好郵票，我又忍不住在信封上加了兩句：「媽，早點回來，我好想您啊。」

燈　下

「小美呀！要把地板抹得跟鏡子那麼亮。」

每天晚飯以後，幫著母親洗好碗碟，母親總要和我這樣說一遍。我呢，真也把地板抹得跟鏡子那麼亮。和母親一樣，我是極愛整齊清潔的。盤腿坐在光滑的地板上，伏在矮桌前，就著燈光做功課，是一件極快樂有趣的事。母親總是戴起老花眼鏡，坐在我對面縫綴衣服或其他東西。今晚她縫的是一隻溜了絲的尼龍短襪，顏色很漂亮，深綠底子夾著金黃細條，那一定又是哥哥穿下來不要了的，母親把它縫了給父親穿。可是前兒我曾聽父親說：「那樣花的襪子我不要穿，給小美穿吧！」其實，我倒也不要穿什麼尼龍襪子。做學生，上學穿白短襪，回家來光腳一雙木拖板不是挺舒服的。然而母親從來不肯丟棄一丁點東西。她好幾次對我說：「小美，要學得節省啊！年紀輕的人，更應該愛惜東西。你爸爸早年上學堂的時候，腳上穿著草鞋，把布鞋夾在手膀下，到學堂門口，才把草鞋脫下放在門背後，換上布鞋進課堂。」母親講這些話的時候，臉上散佈

著柔和欣慰的光輝，看出她對父親的敬愛是多麼的深，而父親這種刻苦精神也著實是令人欽佩的。我這樣想著，眼睛望著母親手裡的針，亮閃閃的針在母親手指縫裡跳躍著，絲線細長而柔軟。我忽然發現母親的手指粗糙了，骨節有點肥大，手背隆起樹椏叉似的青筋，皮膚裡隱約顯現出柳葉似的紋路。這，那像是母親的手呢！母親的手原是又細又白又豐滿的。記得父親曾用食指尖輕輕點著母親手背的一個個小窩，又把它舉起來對著窗子照照，讚美地說：「你這雙肉團團的手呀！一點不露縫，有財氣，晚年來還會享點兒女福呢！」「享兒女福我倒不想，只要他們能自己成家立業我就放心了！」是母親微微嘆息的回答。這話一直響在我耳邊，一晃眼竟是好幾年過去了，不知道怎的，我的眼睛有點潤濕。低下頭，把鉛筆放在練習簿上，代數題一道還沒有做完，已經錯了好幾次。我拿橡皮使勁地擦著，把紙都擦毛了。我尖起嘴呼的一吹，橡皮粉末吹了滿桌子。

「別弄髒了地，我還要給你哥哥釘被子呢。」母親說。

為了釘被子，我還得趕緊把功課做完了，好幫著母親拉被子。於是我拿起筆很快的寫，做完了數學習題，又把英文生字查好，歷史筆記做完。今晚我好像機器人似的，一個多鐘頭，把所有的功課都做完了，腦子裡卻沒有進去什麼印象，躺在書包旁邊的《莫泊桑短篇小說集》也不像

平日那樣引誘我的視線，卻不時偷眼看母親。是什麼緣故，母親今晚顯得特別蒼老？在燈光下，母親額上的縐紋與眼角的魚尾紋顯得格外明晰，老花眼鏡腳鬆鬆地架在兩耳上，鬢髮飄下幾根，其中有的已從灰黃轉為銀白色。母親不時用粗糙的手掌去掠它們幾下。變了顏色的頭髮，對於母親似乎沒有什麼特殊的感覺！可是卻引起我幼年時清晰的記憶。夏天，我和哥哥搬了小竹椅坐在母親身邊，母親剛洗了頭，烏黑的頭髮，長長地披在肩後。她用扇子扇著，長髮一絲絲飄開來，像風中的細柳。哥哥偷偷地拉住一根，纏在我的大拇指上，抽得非常痛。我使勁想脫出來，卻越拉越緊，竟至嵌進肉裡去了。我大哭起來，哥哥嚇跑了，父親和母親費了很多的時間，才把頭髮解開，用紗布把我受傷的手指包起來。之後好幾天我沒有理哥哥，哥哥用手劃著臉羞我「哭泣貓」。哥哥的惡作劇和喜歡捉弄我，到現在還使我生氣。我伸出大拇指看看，那上面還隱隱有一圈疤痕，這疤痕是母親烏黑柔軟的頭髮給刻下的，我忽然不恨哥哥，反而感謝他給我與母親之間留下這麼一個親切的紀念了。我撫摸著疤痕，不禁抬眼看母親褪了色的兩鬢，我的眼裡又充滿盈盈的淚水了。

　　拉被子的時候，母親把被面打開來，水綠的綢子，泛起海浪似的波紋。這被面原很美，可惜有點舊了，柔和的

燈光也添加不了它的鮮豔。可是這還是我們家最好的一條，
母親特別留給哥哥的。我心裡知道哥哥並不喜歡它，哥哥
有一次從臺北回來，在小提箱裡藏著一條白緞繡青菜小白
兔的被面，說是他同學暑假從香港帶來送他的，他還叫我
別讓母親知道，免得她說太奢侈。他還有許多奇裝異服，
尼龍汗衫、五彩洋毛衣、香港衫、修鬍刀、梳子、毛巾、
牙膏、衣架，樣樣是美國貨。我不知道母親看見那條繡花
被面會怎麼說，可是母親拿起那些梳洗用具來時，曾經規
勸他說：「阿文，你用東西太講究了，樣樣都是洋貨，國貨
不是很好嗎！做學生尤其應當提倡國貨啊！」「國貨有的還
沒有洋貨便宜，又不經用，媽，你何必管這些小事呢！」
哥哥的口氣是不耐煩的，母親就不再說什麼了。

　　母親是那麼慈愛而細心，而哥哥每次匆匆來，匆匆去，
都沒有心情領受母親的愛。我心裡暗暗替母親難過，也為
哥哥難過。年輕男孩子總比較粗心大意，可是像哥哥那樣
對家庭滿不在乎的倒也少見，他將來成了家，知道生活不
容易，想起母親的話，許會後悔的。可是目前真是給父母
親增添不少負擔啊！前天哥哥回來，父親擺起嚴肅的臉容
訓斥他一番，過後卻又把一疊鈔票放在他面前。我知道那
是他剛剛領回的薪水，抽下了家用，就全部給他了，母親
呢！父親說話時就低著頭織毛衣，生恐眼睛碰到了哥哥的

視線，會使他更不好意思。父親去上班以後，哥哥就點起一根香煙來，慢吞吞的吐著煙圈，對父親的話好像並沒有什麼反應。屋子裡顯得很沉悶，我只忙著幫母親炸麵拖蝦。那是哥哥最喜歡吃的；除了他回來，母親平時是從不買的，可是哥哥吃起來並不怎樣感興趣，心不在焉的吃著飯。母親問他什麼，他都是沒精打采地懶得回答。我真氣悶極了，忍不住問他：「哥哥，你有什麼心事嗎？」「小孩子別多管閒事！」他說我是小孩子，我就立刻閉上了嘴，看看母親的臉，母親的臉籠罩著一層陰雲，始終沒有說一句話，我知道母親心裡想得很多。

今夜母親又以遲疑的眼神望著我，手裡綻著被子，半晌才說：「小美，給你哥哥寫封信吧！他春假沒有回來，問他是什麼原因，身體不好還是去旁的地方旅行了。」我拿起筆，在信紙上寫了「親愛的哥哥」幾個字，筆停在紙上，不知道怎麼說好，因為哥哥春假裡是回來過的，與朋友遊碧潭、烏來，只是不曾回家看看老人家。我代哥哥藏著祕密，幫同他欺騙父母親，我的心好酸楚。「親愛的哥哥」五個大字帶著譏諷的神情瞪著我，我用練習簿把它遮上了。哥哥那一副神態，又在我腦中出現了，穿著橫格子羊毛衫，手裡捧一疊洋裝書，與女明星合攝照片，是他充當臨時演員的得意鏡頭。那照片是他偷偷向我炫耀過的。我把信紙

撕去了，又換了一張紙，只寫上「哥哥」二字。

「小美，你又糟蹋紙了，寫家信隨便寫，不要盡撕紙。」母親向來愛管最細小的事。

「媽，你自己寫吧！哥哥不會回我信的！」我快快地說。

母親微微嘆了口氣，把綻好的被子疊起來，放在床上摘下了眼鏡，走到矮桌前，坐下來，我的眼睛一直沒有離開母親的臉。現在她臉上的縐紋被燈光照得越加顯明了。那縐紋裡隱藏著她多年的辛苦、憂愁，與對孩子們熱切的期望。我又是一陣心酸，拿起筆來很快的寫滿了一張紙。我告訴哥哥父母親的惦念與辛苦，勸他用功讀書，節省用錢。明知這些話在他眼裡顯得多沒有意義。可是我還能說什麼呢？我不能在信裡具體的責怪他拿了母親為人織毛衣賺下來的錢去請女朋友，作為一頓酒菜的揮霍。因為母親原不知道這回事，我不忍提起，免得她傷心。

我把信遞給母親，母親慢慢兒看完一遍，用漿糊把它封了。我心裡想哭，喉頭哽嚥著，推說疲倦想先睡了。母親趕緊為我把帳子放下來，我倒在枕頭上，淚珠就止不住滾下來。隔著帳紗望母親，她也正在用手抹去眼角的淚水呢。

燈在什麼時候關熄，我不知道，母親大概又工作到深夜才睡吧！

第 三 輯

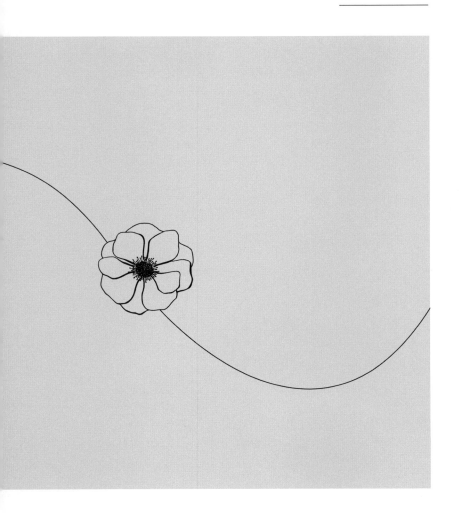

臨江仙　詠友人棠梨館雅集

綠野堂前春已透，梨雲低護簾櫳。飛花似雪舞迴風。
清香浮小院，月色自溶溶。

千載蘭亭追雅集，一樽遙對清空。醉揮彩筆寫冰容。
夜闌吹短笛，綺思幾人同。

臨江仙　紅梅

窗外一枝斜更好，亭亭玉骨臨風。暗香和月透簾櫳。
芳心渾欲醉，脈脈吐新紅。

冉冉輕雲都帶恨，盈盈流水無蹤。幾番幽夢矮牆東。
數聲羌笛裡，軟語話重逢。

清平樂　紅梅

冰肌玉骨，淡點胭脂雪。斜倚疏櫺邀素月，對影成三
清絕。

相逢慢訴相思，年年長伴開時。惜取娉婷標格，好春
卻在高枝。

減字木蘭花　梨花

春風弄色，點點枝頭渾似雪。庭院幽幽。菇射仙人倚玉樓。

輕風吹散，花影婆娑雲影亂。招得吟魂，香徑他年印夢痕。

浣溪沙　賦別

此夕深杯莫再辭。一聲腸斷浣溪詞。飄零心事兩應知。
文字由來多惹恨，才人無奈總情痴。掬將清淚慰相思。

虞美人　早春

曉風吹斷簾纖雨。忽聽流鶯語。櫻桃樹底立多時，一種幽情唯有落花知。

問君底事傷懷抱，總為韶華老。膽瓶留取十分春，婉轉芳心付與賞花人。

踏莎行　秋感

月下高歌，籬邊把酒，清愁何事年年有。欲扶支夢到
江南，可能夢似人間久。

又見花黃，暗驚人瘦，蕭疏何況秋歸後。花開若是有
明年，明年青鬢應依舊。

惜紅衣　前題

倦撚孤琴。慵添冷麝，怨歌初歇。愁到眉山，絲絲都
凝碧。愁深幾許，只落樹寒螿能說。岑寂，一榻西風，夢
江南消息。

漫思經歷，總是伶俜，天涯去留客。酸辛半乾醉筆，
對明月，一笑人間萬事，多少滄桑今昔。問酒邊清緒，何
似一江潮汐。

鵲橋仙

三十九年七夕結婚，四十年遷住機關宿舍。蝸居潮濕，
壁間龍頭，滴水涓涓。戲名其室曰水晶宮，因賦此闋

寄意。

金風玉露，一年容易，心事共君細訴。米鹽瑣事費思量，已諳得人情幾許。

半歲三遷，蝸廬四疊，此際酸辛無數。水晶宮裡醉千杯，也勝似神仙儔侶。

蝶戀花　遊碧潭

聞道碧潭秋色好，碧水碧天，更把秋山繞。此日登高還買棹，閒愁付與清流了。

醉月飛觴抒雅抱。座上豪英，韻事知多少。最是涵娘青眼照，洪公未醉玉山倒。

（洪公係陸東先生，涵娘其夫人。）

清平樂

文開先生示以所譯印度史詩〈黛瑪鶯蒂〉，囑為小詞隱括其故事，率成三章博笑。

飛花飛絮，最是相思處。卻倩天鵝傳錦句，贏得芳心相許。

雀屏競締良姻，雲車仙樂繽紛。不惜搴簾一顧，佳人

意屬凡身。

香絃低語，譜出同心句。花下輆轤攜手處，勝似藍橋仙路。

蘭宮十載溫存，誰教好夢頻驚。辜負燈前鴛盟，年年兩地銷魂。

人天無據，幽恨何堪訴。寂寞闌干私倚處，誤了月圓幾度。

良緣早註前因，多情豈負聊聊。綿被春宵夢覺，相看淚眼分明。

虞美人　題彭歌小說《危城書簡》

錦書萬里憑誰寄，過盡飛鴻矣。柔腸已斷淚難收，總為相思不上最高樓。

夢中應識歸來路，夢也了無據。十年往事已模糊，轉悔今朝分薄不如無。

臨江仙　題彭歌小說《斷鴻》

目斷連天芳草路，香箋難訴離情。飄零心事已成塵。眼枯頭欲白，愁絕夢邊城。

長記闌干私倚處，愛他好月朧明，西風庭院悄無聲。清燈溫舊句，腸斷憶平生。

齊天樂

余在中學肄業時，嘗戲以鮮花嫩葉，排成圖案，夾置書中。十年來雖翠減紅消，顏色非故，而嬌姿麗質，猶似當年，睹物感懷，悵觸靡已，爰取素絹依樣繡五彩花卉，旁綴琵琶，什襲珍藏，藉資紀念。因賦此闋，以寄幽思。

縹囊也似藏春隝，紛紛斷紅無數。玉蕊斕斑，嬌姿瘦損，莫問春歸何處。紗窗夜雨，欲喚取春魂，與他同住。十載天涯，也應譜盡飄零苦。

飄零莫隨塵土，拈金針繡入，萬花新譜。一點芳心，無邊幽恨，還向琵琶低訴。君應解語，嘆減盡韶華，夢痕無據。寫入么絃，賞心人聽取。

水調歌頭

何處寄幽憤，翹首問蒼穹。月華千里如練，清嘯和長風。夢到中原禾黍，誤了平生書劍，豪飲竟誰雄。日日登

臨意，碌碌百無功。

斜陽外，送歸雁，落遙空。凌憑意氣自負，獨立撫孤松。不記秋歸早晚，但覺愁添兩鬢，此恨幾人同。慷慨一杯酒，彈鋏且雍容。

金縷曲　遙寄倩因（三十九年）

別後音塵阻。問倩因，可曾知我，此心淒苦。三載飄零無家客，幾得知音如汝。把往事從頭細數。被酒興濃長夜話，最難忘桐葉三更雨。為譜出，淒涼句。

睹書煮茗消清暑。記秋窗，紅樓讀罷，剪燈低語。執手依依斜陽道，回首垂楊千樹，已譜盡分襟情緒。夢裡相尋應識路，怎年來，魂夢也無據。憑短簡，恨難訴。

滿江紅　遙寄倩因

短夢已醒，況年年秋風客地。翹首望，蒼茫雲霧，海天無際。百感難隨流水去，神州咫尺烽煙裡。且長歌夜夜聽荒雞，天如水。

滴不盡、新亭淚。寫不盡、家山意。嘆中原板蕩，人間何世。域外波濤兼天湧，長驅萬里漢家幟。願明年明月

玉闌干，共君倚。

水調歌頭　己丑重陽隨陸東曼青諸先生
遊碧潭

　　客裡逢佳節，蠟屐廁詩翁。黃花莫負今日，直上最高峰。指點藍橋仙路，一笑軒軒霞舉，回首望雲中。千片奔岩下，碧水自溶溶。

　　危樓上，邀明月，舞長風。豪情且付杯酒，百尺羨元龍。我欲高歌擊節，更挽篷篠天半（吊橋似篷篠），此曲和誰同。禾黍中州夢，淚眼若為容。

賀新郎　浩雨初晴，與友人市樓小酌感賦

　　快雨催殘暑。引清樽高軒雅集，提襟聯句。酒醒憑闌愁未醒，塊壘胸中無數，更消得清狂幾許。往事悠悠誰堪問，且風前擊節還凝佇。揮醉筆，意難吐。

　　望中煙水來時路。嘆年年青衫濕遍，金鷗無語。客久漸知登臨怨，越水吳山非故。空目斷鄉關何處。伏案書生休議論，當長弓射月三山去。浮大白，聽金縷。

金縷曲　讀嗣汾新著《康伯蘭的秋天》

回首天涯路。記年時煙波湖上，蘭舟容與。眉嫵鬟輕腮暈重，密意濃情如許。怎道是暫時相聚。秋去秋來能幾度，不堪聽蕉葉寒階雨。都化作，斷腸句。

飄零我又傷遲暮。憶姑蘇，歡蹤跡，憑誰低訴。月夜佩環空有夢。夢也難留伊住。料已共梅魂歸去。一日心期千劫後，此生休願卜他生侶，清淚盡。耿無語。

金縷曲　送別孟瑤

君有行期矣。是悠悠，浮雲白日，送君千里。人世幾番風雨恨，聚散也真容易。把雅集從頭細記。杯酒縱談今古事，戰方城滿座春風起。清一色，夜如水。

花明柳暗心園裡。倚危樓，斜暉脈脈，詩懷無際（孟瑤嘗謂最愛宋人詞「過盡千帆皆不是，斜暉脈脈水悠悠」之句）。青眼相看俱未老，共慶黎明前夕。有幾個如君才氣。最喜相逢龍抱柱，橡膠園，好夢多如意。雞尾會，二三子。

孟瑤才華橫溢，著作之豐，朋輩中無與倫比者。《浮雲白日》、《幾番風雨》、《柳暗花明》、《心園》、《危樓》、

《斜暉》、《黎明前》,皆其暢銷小說。特誌之以博一粲。
孟瑤喜方城之戲,而屢戰屢北。清一色雙龍抱在手,雖
「汗流浹背」,而笑語琅琅不絕。其豪情逸興,可以想
見。此次應新加坡南洋大學之邀,往主國文系教席。行
期在邇,友好曾為餞別。吟杜老「若為後會知何地,忽
漫相逢是別筵」之句,能不黯然,因賦此為贈。朋輩且
戲謂孟瑤此去無妨求田問舍,置橡膠園一座,為他年朋
儔晏飲笑樂之處,孟瑤已笑諾。故我等都以「未來的橡
膠園主」稱之。至於篇中「好夢」二字何所指,質之孟
瑤,當更為莞爾也。

金縷曲　寄贈秀亞

往事何堪憶,且悠遊蘭舟湖上。與君同醉。一卷凡妮
手冊在,會得停雲情意。莫廢了半乾詞筆。心曲笛聲多少
韻,倩愛琳珍重從頭記。牧羊女,是知己。

空憐聚散悲今昔。最無常陰晴風雨,花開花謝。十載
秋燈尋夢草,捻出七弦琴理。問才命何因如此。今夜北窗
明月好,奉華箋,似坐春風裡。三色菫,盛開矣。

《湖上》、《凡妮的手冊》、《心曲笛韻》、《三色菫》、《愛
琳的日記》、《牧羊女》、《尋夢草》、《七弦琴》、《北窗

下》皆秀亞著作,《牧羊女》序見《中副》時,余讀之
覺詞意悽惻,深為所感。乃撰短文寄《中婦週刊》,並
引東坡句「回首向來蕭索處,歸去,也無風雨也無晴」
以相慰。時余雖心慕秀亞,而尚未緣謀面也。歲月匆
匆,與秀亞訂交已十餘年,秀亞每索詞,終以俗務紛
乘,未遑報命。月前承寄贈新著《北窗下》,溽暑中披
卷,有如雪藕調冰,涼沁心脾。因戲集其著作多種,率
賦此章為贈,亦聊以博笑耳。

漫談創作

古人說：「得句錦囊藏不住，四山風雨送人看。」是描述文章寫成後的快樂。寫文章不但可以發揮個人的思想，抒寫內心的感情，尤足以陶冶身心，涵養性靈。因為從一字一句中，你可以體會得生活的甘苦滋味，以及生命的寶貴意義。

寫文章不僅使自己快樂，也給旁人以同樣的快樂，好文章必須是語語警人，字字珠璣，所謂「擲地當作金石聲」。要做到這一步，我認為必須注意以下的幾點：

一、平易近人：我們讚好文章如「行雲流水，自然可愛」，「風吹水面，自然成文」。這「自然」二字就是最難的工夫，能自然就能平易近人了。白居易做詩要使婦孺俱解。一首〈長恨歌〉，只用了「小玉」「臨邛」二典，可見深奧的典故，華麗的辭藻，並不一定足以增加文章的美。用前人的陳言，堆砌字面，反顯得以艱深文飾陋。形容字一定要自己創造。創造出來的要人人一讀就懂。不但懂，而且是要旁人想到而說不出的；所謂「人人意中所有，人人筆

下所無」，才見得才氣過人。蘇東坡把西湖比作西子是天才，我們再說西湖是西子便是婢學夫人，索然無味了。福祿貝爾勸莫泊桑創造自己的字，要找出天地間唯一的字，形容唯一的東西，這就要經過一番苦練工夫，並不是輕易可以得來的。韓昌黎說：「姦窮怪變得，往往造平澹。」可見寫得平淡並不是不會寫艱深的，乃是要從艱深中脫化而出。唐詩形容梅妃「鉛華不御得天真」，也就是「掃盡鉛華，與天下婦人鬥美」。我們寫文章也要能「掃盡鉛華」才見得爐火純青，無斧鑿痕跡的真工夫。記得多年前與老師散步，他隨口吟道：「松間數語風吹去，明日尋來盡是詩。」我當時反覆吟哦，似乎啟發了不少靈感。這兩句詩不但見得他的自然可愛，還寓有許多寫文章的哲理，妙就妙在「尋來」二字，似不著意而實著意，似著意而又並不著意。所謂「文章本天成，妙手偶得之」。如何訓練這一雙妙手去尋來天成的文章，就有賴於平日的多讀了多觀摩多思維。

　　二、淨化：我們如見到一個眉清目秀，言談侃侃的人，不由得神情為之一爽，讀文章正復如此，讀到一篇拖沓繁瑣，沾滯不化的文章，就令人昏昏欲睡，讀到一篇清新秀麗，澄明雋永的文字，自使人涵詠低徊，不忍釋手了。什麼叫做淨化呢？淨化就是文字的洗練工夫。要以最簡練的

辭句，寫出最豐富的意思，旁人要寫十個字，你能只用五個字寫出就最好。要使篇中無閒句，句中無閒字，恰到好處，恰如其份。我們試讀蘇東坡的短文〈記承天寺夜遊〉：「元豐六年十月十二日夜，解衣欲睡，月色入戶，欣然起行，念無與樂。遂至承天寺，尋張懷民，亦未寢，相與步於中庭。庭中如積水空明，水中藻荇交橫，蓋竹柏影也。何夜無月，何處無竹柏，但少閑人如吾兩人耳。」自第一句至「步於中庭」句為記事，自「庭中」至「竹柏影也」為寫景。最後二句為抒情寄感。全文不過百字，而月色之美，夜遊之樂，令讀者如身歷其境，這才是千錘百鍊而出的絕妙好文章。

　　要文章簡潔明淨，第一要懂得如何剪裁。不切題的材料，不適用的辭句，再好也要捨得割愛。有如電影的剪接，緊湊生動，見得導演的一番匠心。莫泊桑說：「藝術家既選定了他的主題，便只能在這充塞著偶然與無聊之事的人生裡，採取對於他的題材有用的特殊事情，而把其餘的一切拋在一邊。」可見下筆之際，務須審慎取捨，千萬不要只求表現，而破壞了文章簡潔的美。紀德說：「一種描寫以十代一，並不能變得更為動人。」記得讀《左傳》晉楚邲之戰至「中軍下軍之士爭渡，舟中之指可掬也」之句，不能不嘆佩作者這一支史筆之出神入化。因為只這十幾字便寫

盡了晉軍之驚惶混亂，給人印象之深，勝過數十百字的描寫。由此可見繁簡詳略之際，實在要大大地費一番心思。

　　三、蘊藉：藝術最大的祕訣就是隱藏藝術，暗示比明明白白說盡了要有餘味得多。國畫中的寫意畫，亦主張意到筆不到，可以留有餘不盡之味。司空圖說：「不著一字，盡得風流。」不著一字就是不多說一個字。梅聖俞也說：「狀難立之景，如在目前，含不盡之意，見諸言外。」即弦外之音，言外之意。文章寓有含蓄的美，方能深扣讀者心弦。如王碧山詞：「縱飄零滿院楊花，猶是春前。」辭意是指當時雖是偏安之局，而仍有光復中原的希望，他不明說而寓意於即景生情之句，真可謂深得詩騷之旨。杜甫〈月夜〉：「今夜鄜州月，閨中只獨看。遙憐小兒女，未解憶長安。」當時作者身陷長安，苦念鄜州妻兒，卻說兒女幼小，不懂得想念他，語意是多麼的曲折悽婉。又如李後主詞「砌下落梅如雪亂，拂了一身還滿」。如雪的落梅飄在他身上，本來是多美的情景，但因國破家亡，寄身異域，內心悲痛萬分，所以見了身上的梅花瓣，無心欣賞，又把它們拂去。可是拂去了又落一身，見得他心情的苦惱與落寞。他不明說「落梅如雪更添愁」，只說一句「拂了一身還滿」。含意更深，悲痛也更深了。這就是含蓄，就是蘊藉。詩詞主蘊藉，文章亦須蘊藉，蘊藉的文章，可以見得渾厚的性情，

所謂「文如其人」。懂得寫文章蘊藉的美，也就懂得做人的藝術了。

　　以上是就文字技巧方面而言，至於文章的內容，似當注意下面幾點：

　　一、思想：文章的思想，就猶如人的人格，人沒有高尚的人格，縱然文采風流，依舊是沐猴而冠。文章沒有正確的思想，任是技巧高明，辭藻瑰麗，依舊沒有他內涵的價值。寫文章不是兒戲，不是無聊者的舞文弄墨，它是負有啟迪人生鼓舞人生的使命的。我並不是說寫文章一定是道貌岸然，絲毫不能輕鬆的。正因為作者心有所感，有不能已於言者，才不得不發而為文，盡量寫下自己想說的，可以喜笑怒罵，可以寓莊於諧，「可以興，可以觀，可以群，可以怨」。可是你寫作時的一份心情，必定是最莊嚴的。一味暴露黑暗，一味的謾罵，甚或是充滿色情的作品，縱然盡幽默諧詼之能事，亦決無存在的價值。文學的最高境界是光明、美麗和幸福。我國的民族思想，立國精神是寬大、同情、和平、創造。我們必須要把這種偉大的精神貫注在文學中，使我們的文章能發放燦爛的異采，此所謂美於中而形於外，內在的美，透露於文字上的才是真正的美。英散文家艾略特說：「豐富的思想，做成豐富的藝術」，亦即此意。

二、風格：我國論文章論畫都最重神韻，神韻就是文章的風格，崇高的意境與情操，顯出文章高尚的風格；透露出作者智慧的靈光，所謂「風格就是作者自己」。其實所謂「神韻」，所謂「風格」，實只能意會而不可言傳。唐宋八大家的文章，各人有各人獨特的風格。只在學者自己用心，玩味而自得之。現且舉詩詞為例：「結廬在人境，而無車馬喧，問君何能爾，心遠地自偏。」可以見得陶淵明的隱中之趣。「落花一片天上來，隨人直渡西江水。」是李白飄逸的風神。「天寒翠袖薄，日暮倚修竹。」是杜甫孤高的品格。「家童鼻息已雷鳴，敲門都不應，倚杖聽江聲。」顯得蘇東坡的心胸豁達。「驀然回首，那人卻在燈火闌珊處。」正見得辛稼軒一派孤芳自賞的品德。總之，無論是詩詞、散文、小說，風格的形成完全由於作者的氣度、學養與情操，雖非勉強可學，卻仍可逐漸培養起來。

一個人如果崇拜某一位名作家，他自己的作品也往往受他的影響而表顯出近似的風格。這不完全屬於摹仿，因為你仍舊有自己的本來面目。如果你著意摹仿，至多只能做到形似而失去作品的價值了。李白欽佩庾開府與鮑參軍，他的詩多少受二人的影響，可是絕不同於二人。韓昌黎與白居易同是宗師杜甫，而二人詩的風格迥然不同。學寫文章，廣的方面要多讀古今中外的名著，揣摩體會，研究作

者當時的背景與他個人的性格學養。而深的方面，還要選定某一個最與你性情相近的作家，多讀他一個人的作品。我認為讀書與交朋友相似，朋友要多交，可得集思廣益之效，而深交知己至多不過一二人，這一二知己直可以托生死，共患難，心靈才有寄托，生命才不空虛。讀書要廣泛地多讀，融會貫通，然後由博反約，精讀一二家的巨著，研究其思想，得其風格神韻，然後青出於藍，自成一格，發放你智慧的光輝。

　　三、真摯：真摯的感情是文章的血肉，沒有真實的感情就沒有真正的內容，可以支配讀者的心魂而至於哀樂不能自主。章實齋說：「文不足以入人，可以入人者情也，氣積而文昌，情深而文摯，氣昌而情摯，天下之至文也。」王國維評後主詞，引尼采的話說他是「以血書者」。托爾斯泰說：「作者應本所經驗於自然或人生的感情，傳達於他人才成，這種感情，必得是最高的感情。」所以寫文章，第一要提練自己的感情，必使這一份感情成為至美至善的，也就是最真的，則傳達於他人，無有不使讀者為之反覆低徊的。如何能表達你真摯的感情呢？唐順之說：「學為文章，但直抒胸臆，信筆寫來，如寫家書，雖或疏漏，絕無煙火酸餡習氣，便是宇宙間一等好文章。」這就是說要說真話，千萬不要為文造情，矯揉造作。你寫文章時，要把

你的心安放在文章裡，也就是安放在讀者的心裡。當讀者
讀你文章時，他們的心就放在你文章裡，也就安放在你的
心裡，如此則作者與讀者心靈溝通，而起了共鳴作用。一
篇好文章，必定包涵一顆純真的心，這顆心也就是千萬讀
者的心。不僅是同時代千萬讀者的心，也是千百年後千萬
讀者的心，此所以至情至性之文，可以傳之千古而不朽也。

寫作技巧談片

　　才情睿智，因人而異。寫作的技巧，亦自是變化無窮，本來是沒有一定的方法可循的，現就平時常用常見的，略舉幾種來談談。

　　一、襯托：這是加深讀者印象的好方法，無論是寫故事或背景，都需要不時地用襯托，就是在描寫某一件事物的時候，故意避免直接在某事物上寫，而以旁的事物或動作來作旁面的襯托，使本意格外鮮明。所謂「烘雲托月」。如寫「夕陽返照桃隝」的美，只以「柳絮飛來片片紅」就點染出鮮豔的色澤了。如稼軒詞「我見君來，頓覺吾廬溪山美哉」。這是描寫好友來臨的高興，而以溪山之美來襯托他自己的心境的快樂。又如《史記》〈項羽本紀〉，寫項羽漢王對陣，漢王軍隊望風而靡，他襁褓中的小公主幾次墜馬，侍從幾次抱起來，漢王又把她推下去，在那種狼狽的情況之下，親生女兒都顧不得了。這在表面上似寫漢王膽怯，其實是寫項羽的勇猛逼人；而寫他的勇猛逼人，也正所以反襯他以後的被困垓下，英雄末路的悲哀，這是欲抑

先揚的好筆法。記得抗戰勝利時，有一部國產影片，寫一對在上海的夫婦，因受戰事影響，由小康而至於窮困不堪。導演於開首時，即以一隻貓來襯托他們的家庭和樂，連小貓也被寵愛。到後來，日子漸漸困難，一家人的心情都不好了，小貓幾次跳上祖母的膝頭而被推下去。最後婆婆負氣走了，丈夫被捕，妻子從外歸來，從門縫中看進去，就只見那隻小貓伏在地上，餓得咪咪地叫，她跑去一把抱起來，眼淚落在小貓身上，這是非常深刻動人的鏡頭。導演用極小的事物，襯出家庭氣氛的轉變，是聰明簡潔的手法，寫文章亦正是如此。

二、比喻：不論是寫小說散文，詩詞，都離不了用比喻，比喻有好幾種，一種是以具體的事物比抽象的事物，使讀者易於獲得印象，例如「飛紅萬點愁如海」（秦少游詞），「舊恨春江流不盡，新恨雲山千疊」（辛稼軒詞），具體的以「海」喻抽象的「愁」，具體的以「春江」「雲山」喻抽象的「恨」。一種是相反地以抽象喻具體，引起讀者更多的意念與聯想，例如「霧裡的遠山，好像籠著一層輕紗的夢」，「蔻娜兒后嘆息著似一朵訴怨的玫瑰花」（印度奈都夫人詩）。這樣抽象的意境，往往比具體的事物尤富詩意。比喻較直接描寫更有含蓄的美，如東坡〈楊花詞〉「細看來不是楊花，點點是離人淚」。究竟淚似楊花，還是楊花似

淚，就由讀者自己去想像了。又如白石詞「閱人多矣，誰得似長亭樹，樹若有情時，不會得青青如此」，以樹比人，比得多麼遠，又是多麼生動活潑。所以富於想像力的作家，常常把事物比得較遠。兩樣太近似的東西比在一起，人人意想得到，就不夠令人玩味了。此所以謝道韞的「柳絮因風起」，詠雪遠勝於她哥哥的「撒鹽空中」句也。至於隱喻，尤富含蓄的美，南宋詞人王碧山，都以詠物寄托感慨。

　　三、詳略：何處當詳，何處當略，就要作者能剪裁，能取捨。在下筆以前，就當有一番考慮。再好的材料如不切題，也只好割愛，好像裁縫裁衣料，要適合身材，肥瘦合度，不能為了心疼料子而不剪去當剪之處。又如佈置房間，再華麗的梳妝臺不宜放在會客室裡。莫泊桑說：「藝術家既選定了他的主題，便只能在這充塞著偶然與無聊之事的人生裡，採取對於他的題材有用的特殊事情，而把其餘的一切拋在一邊。」這就是剪裁取捨的工夫。下筆之際，在章法上也要詳略間用，筆法才能靈活不呆板。〈木蘭辭〉寫木蘭在作戰的經過只「將軍百戰死，壯士十年歸」十字。而於木蘭回家以後，卻以「阿妹聞姊來」以下百餘字描寫。十字不為少，百字不為多。好像電影導演有的用速寫法，有的用特寫鏡頭。也像畫梅花，「疏處可容走馬，密處不許穿針。」杜甫〈北征〉詩寫一路逃難的困頓，及所見所聞，

時詳時略。而於抵家後妻子兒女的團聚，寫得特別詳盡，歷歷如繪，正所以反襯戰時亂離之苦，於人情味中，透出無限酸辛。韓昌黎一首〈終南山〉詩，寫終南之險，洋洋大篇，自比於杜老的〈北征〉。可是讀來似翻辭海，遠不及他的朋友孟東野「南山塞天地，日月石上生」十個字給讀者印象之深刻。所以「詳」往往分散人的注意力，而「略」反能深入。

　　四、虛實：人們常說：「小說本來都是假的，文學家最會騙人眼淚。」事實上小說家決沒有把一個現成的人物，現成的故事，一成不變的記錄下來的（那不是小說，那是傳記或報導），小說必定要經過一番虛虛實實的佈局與潤飾，改頭換面，張冠李戴，「虛者實之，實者虛之。」使讀者看來似真似假，似指某甲，又似寫某乙，這才是真正的小說。可是故事完全虛構的是神話或寓言，不是小說。小說無論怎樣虛，總有幾分實的成份，因為那是由作者的經驗加上想像而產生的。《紅樓夢》托諸太虛幻境，可是大觀園裡男男女女的故事，都是作者心目中真有的人物。《聊齋》托諸鬼狐，可是那裡面的才子佳人，亦處處離不了人情世故。陶淵明的〈桃花源〉，是他的想，也是他的理想，因此「其中往來種作，男女衣著，悉如外人」。可見虛構想像仍離不了現實的人生相。寫一個實有的故事，不妨空靈

著筆，若有若無。而寫一個幻想出來的故事，卻不妨具體寫出時間，地點，使人讀來，如真有其人，真有其事，倍覺動人。

　　五、誇張：文學不像科學，不一定要合理，有時反而越不合理越有情趣，例如李清照詞「聞道雙溪春漸好，也擬泛輕舟，只恐雙溪舴艋舟，載不動，許多愁」，舴艋舟如何能載愁，可是正因不合理才妙。又如李白「白髮三千丈，緣愁若個長」，「三千丈」自是誇張的口氣。左思的詩「振衣千仞崗，濯足萬里流」，杜甫的詩「萬里悲秋長作客，百年多病獨登臺」。「千仞崗」，「萬里」，「百年」，都是誇張的字眼。

　　不過誇張決不可過份，過份則失真，失真則不但不動人，反而不通了。所以一篇小說中的描寫不可用太多的誇張，太多了也會給人以不真之感。所以有人說《三國演義》寫諸葛亮還不及寫曹操成功，因為作者過份的誇張，把諸葛亮寫得像個道士，而曹操卻是個可愛又可恨的奸雄。

　　六、文字的洗練與含蓄：文字必須洗練，用意著重含蓄。洗練就是簡潔精練，一篇裡沒有多餘的句子，一句裡沒有多餘的字，胡適之先生引宋玉寫神女句「增之一分則長，減之一分則短，著粉則太白，施朱則太赤」，正是說要以最簡潔的辭句帶出最豐富的意思。杜甫詩「卷簾殘月影，

高枕遠江聲」,「殘」字就包含了「望」而多一層殘缺之意,
「遠」字既包含了「聽」,還寫出愁人靜夜無眠,連遠處的
江聲都聽見了,更何況對著半簾殘月,其情景之清淒,可
以想見。此等詩真是千錘百鍊而出。再比較劉長卿詩「細
雨濕衣看不見,閒花落地聽無聲」,此二句「看」「聽」二
字只為了湊成七字,在意義上是多餘的,於此可見文字洗
練工夫的重要。

　　洗練的辭句必兼有含蓄的美,因為有許多意到筆不到
的地方,留給讀者自己去體味。例如宋人詞「記得綠羅裙,
處處憐芳草」為了心愛的人,而愛了她所穿的綠羅裙,為
了愛綠羅裙,就連綠色的芳草也愛了。短短十個字,含蓄
著多麼深厚濃郁的情意。又如庾子山〈哀江南賦〉:「懸弓
於玉女窗扉,繫馬於鳳凰樓柱」,兩句是寫劫後江南的荒涼
景象,故意以玉女窗與鳳凰樓來作反襯,連當初那樣富麗
堂皇的建築都成為懸弓繫馬之處,詞意是多麼深遠而沉痛。
練字練意要做到如此工夫,寫出來的文章,才真是擲地當
作金石聲了。

寂寞詞心 —— 我讀辛棄疾詞

……驀然回首，那人卻在燈火闌珊處……

一

我讀辛棄疾詞，至他的〈青玉案〉一闋：「眾裡尋他千百度，驀然回首，那人卻在燈火闌珊處。」之句，不禁掩卷唏噓。追念這一位懷著滿腔熱血的愛國大詞人，不得不落寞地度過他的晚年而鬱鬱以終，我真個是泫然欲泣了。

王靜安先生說：「詞人者，不失其赤子之心也。」他讚嘆李後主詞是「以血書者也」。千古的詩人、詞人，他們的作品，無不是出於一顆赤子之心，無不是以血書，以淚書者。屈靈均遭貶斥，懷著一腔忠君愛國之思，寫下了〈離騷〉。司馬遷受腐刑，懷著一腔悲憤，寫下了《史記》。陶淵明生逢亂世，但正因他熱愛人生，才幻想出一個「其中往來種作，男女衣著，悉如外人」的桃花源，更寫出那麼自然美的田園詩。杜甫身經安史之亂，目睹政治的紊亂與民間的疾苦，因而有不朽的三吏三別與〈北征〉。辛棄疾，

生於北宋淪亡，南宋偏安的不幸政局中，空懷壯志雄心，而不能直搗黃龍，眼看中原統一。於是他把他的滿腔熱忱、鬱抑與忠憤，全部托付在詞裡，他不寫散文、不寫詩，他的心聲就是詞，詞是他一生身世、學力、人格的反映。此所以他的詞是如此的蕩氣迴腸，讀來令人哀樂不能自主了。

二

現在先把他的身世作一個簡單的敘述。

辛棄疾，字幼安，晚年號稼軒。他出生於宋高宗紹興十年（公元一一四〇年），那時，他的故鄉山東已淪於金人十三年，宋室早已南渡，是一個僅保有東南半壁河山的小朝廷。他在金人統治下長大，飽嘗亂離，自幼就孕育著一份孤忠悲憤之氣。二十二歲時，耿京起兵抗金，棄疾也聚眾二千餘人參加，替耿京掌書記。他勸耿京歸宋以便聯合作戰，耿京派他到南京（當時的建康）聯繫，高宗大喜，封耿京為天平軍節度使，授棄疾承務郎。不料此時耿京手下叛將張安國，殺了耿京投降金人。棄疾趕回山東，率眾直衝金營活捉張安國，送到宋朝斬首。只此一事，已足見他少年時的智勇過人。

他回到南宋之初，僅任江陰小吏，先後寫成了〈美芹十論〉與〈九議〉等十九篇軍事論文，對敵情與收復失地

的步驟作詳細的分析與討論，獻之朝廷，可惜都未被採納。
三十三歲，他才被調知安徽滁州，以後遞遷至湖北、湖南、
江西的運副使、安撫使等要職。自二十三歲至四十二歲的
二十年間，對朝廷對地方，有很多的建樹。如在湖南創建
飛虎軍，兵力為沿江諸軍之冠，使金人深感畏懼。在江西
南昌府的救荒措施也在民間留下最好的政績。朱熹稱贊他
「雖只麤法，便有方略」。這二十年中，也可以說是他精神
上比較痛快的時期。可惜的是南都地處後方，使他未能發
揮驅逐敵人收復失地的軍事才能。更可惜的是佞臣一意主
和，取媚異族，以致已經收復的淮北重又淪於金人之手。
使他這位有血性的愛國志士焉得不悲憤填膺。四十二歲時，
他不幸被彈劾落職，在江西上饒過退休生活達十年之久。
五十三歲，才再被光宗起用，任福建提刑與安撫使等職，
但不久又被彈劾，回到江西鉛山過了八、九年的閒居生活。
直到他六十四歲，韓侂胄執政，主張伐金，再起用他差知
鎮江府。他真是興奮到了極點，在任內訂下破敵計劃，積
極備戰。誰知剛滿一年，又被罷黜，於六十六歲的七月回
到鉛山。此時英雄老去，他包含了多少酸辛與多少壯年的
回憶。寂寞地，憂鬱地度過最後的兩年。棄疾死時，正是
韓侂胄北伐軍敗，他身後的恩榮，也因主戰的關係而被剝
削了。

如此一位有膽識，有才略的政治家兼軍事家，懷抱著一股民族正氣，卻因當權者的壓制，不得有所發揮，終於憂憤逝世。使千載後的讀者，都不能不為他同聲一哭。

國家的不幸，與他在政治上遭逢的挫折，卻成就了他在文學上偉大的地位。他的詞就是他一生最偉大的成就。王國維《人間詞話》讚他「堪與北宋人頡頏者，惟一幼安」。我個人認為辛棄疾不但是南宋第一大詞人，即全宋詞人亦無可抗衡。他不僅是有宋一代大詞人，即在整個詞史上，說他是最偉大的詞人之一，亦可當之而無愧。《四庫提要》對稼軒詞的評語是：「棄疾詞慷慨縱橫，有不可一世之概。於倚聲家變調，而異軍突起，能於剪翠刻紅之外，屹然別立一宗，迄今不廢。」周爾墉有一首論詞絕句，讚美他道：「稼軒奇氣欲挐雲，字字華嚴劫外身。夜半傳衣誰得髓，西風吹面庾郎塵。」可謂推崇備至。這真是詩人所謂的「國家不幸文章幸，賦到滄桑句便工」了。

三

一般人論詞，都要把辛棄疾與蘇東坡並提，列為豪放派的詞。其實辛詞又豈僅豪放而已。他的事功比東坡大，他的孤悲比東坡深，因此他的筆，縱橫馳騁，題材更廣，感慨尤深。他於詠史，詠物，寫景，詠懷，贈友，賦別之

中，寄托了他的全部心魂。他出入古人，隱括前人著述，討論人生哲理（如〈哨遍〉即隱括莊子）。他引用史事，寄寓感慨，生動變化，靈活自如（如〈永遇樂　京口北固亭懷古〉）。他詠物時蘊藉沉因（如〈賀新郎　賦琵琶〉），他寫景時輕快幽美（如〈粉蝶兒　和趙晉臣敷文賦落梅〉）。他的作風，難以一語概括。有豪壯、有婉約、有綿麗、有沉鬱。有閒適悠遠，也有幽默滑稽。而最可貴的是他的豪壯不流於粗獷的叫囂，而能於豪壯中蘊蓄一份淒美纏綿之境。於沉鬱悲憤中更透出一派豪邁飄逸的氣概。總之，他是中國詞壇上的一枝奇葩。後人學稼軒，只一味粗豪，無此才情，便萬萬不可企及。謝章鋌在《賭碁山莊詞話》裡說得好：「稼軒是極有性情人，學稼軒者，胸中須先具一段真氣奇氣，否則雖紙上奔騰，其中俄空焉，亦蕭蕭索索，如牖下風耳。」可見成為一個詩人或詞人第一貴一個真字，也就是所謂的赤子之心。

　　明於辛棄疾的身世，體會他的一腔忠憤，在今日的臺灣，此時此地，再披卷讀他的詞，我想在每個人心田中所激起的，當不止是一點輕微的感慨而已吧。

四

　　現在我們來欣賞他幾首詞，以證明他性情之真，愛國

之深，與才華豪氣的斷非等閒。

賀新郎　別茂嘉十二弟

綠樹聽鵜鴂。更那堪，鷓鴣聲住，杜鵑聲切。啼到春歸
無人處，苦恨芳菲都歇，算未抵人間離別。馬上琵琶關
塞黑，更長門翠輦辭金闕。看燕燕，送歸妾。

將軍百戰身名裂，向河梁、回頭萬里，故人長絕。易水
蕭蕭西風冷，滿座衣冠似雪，正壯士悲歌未絕。啼鳥還
知如許恨，料不啼清淚長啼血。誰共我，醉明月。

　　這是一首送別族弟的詞。起首即連以三種悲鳴於暮春
中的啼鳥，製造出一份滄涼氣氛。禽鳥尚知傷春，更何況
萬物之靈的人呢？故即以「算未抵人間離別」一句，引到
送別正題。接著又連用漢昭君出塞、陳皇后被黜、與衛莊
姜送戴媯的三個悽斷人腸的別離故事，來襯托人間別離之
苦。也就是進一層地說啼鳥之悲尚不及人事之可悲。過片
仍緊接前文，繼續引用故事，以身陷敵國的李陵送別老友
蘇武的沉痛心情，與太子丹在易水餞別荊軻的悲壯情景，
更進一層地說出生離死別之悲，不限於個人的寵辱，而有
關國家民族的存亡。一層深似一層，氣魄越悲壯，感慨也
越深。最後又回到開頭的啼鳥，「料不啼清淚長啼血」一
句，是何等的壯烈，沉痛。全篇用了三個比喻，五個典故，

但卻一點不累贅，不呆滯。淋漓地寫出了千古同悲的別離之情。全詞一句緊扣一句，一氣呵成，首尾相呼應，無懈可擊，焉得不令人嘆佩他的奇才。

水龍吟　登建康賞心亭

楚天千里清秋，水隨天去秋無際。遙岑遠目，獻愁供恨，玉簪螺髻。落日樓頭，斷鴻聲裡，江南遊子，把吳鉤看了，闌干拍遍，無人會，登臨意。

休說鱸魚堪膾，儘西風季鷹歸未。求田問舍，怕應羞見，劉郎才氣。可惜流年，憂愁風雨，樹猶如此，倩何人喚取紅巾翠袖，搵英雄淚。

首五句寫在亭中放眼所見：遼闊的秋景，悠悠而逝的無邊江水，似玉簪螺髻似的惹人愁恨的遠處山巒。加上滄涼的落日與斷鴻，這一切，在一個故土淪亡的他鄉遊子心中，將引起如何深沉的感慨。可是舉世滔滔，誰又能領會他的痛苦，所以他空有壯志雄心，也只有撫著寶刀（吳鉤），寂寞地獨倚闌干了。下半闋更說出自己儘管沒有知己，沒有機會報國，卻並不想學張季鷹的對著西風就只想念故鄉的鱸魚膾，也不屑於像東漢末的許氾，求田問舍，見譏於劉備。見得他的心胸是何等廣大。他絕不是一個只圖退隱的個人主義者，他時時刻刻都希望有機會能報效國

家，能長驅北上，恢復中原。可是時乎不再，英雄漸老，他痛惜逝去的流年，憂愁半壁江山的未來風雨。最後只悄悄地愀然地問誰個能為他搵英雄淚？令人悵恨的是無限知己之感，不能托之於與他一樣七尺之軀的丈夫，而只能訴諸紅巾翠袖的女性。是沉痛，是空虛，也是幽默的自我嘲笑。

以上兩首詞是代表著他豪壯的特色，而於豪壯中有無限的沉咽蘊藉，尤其是〈水龍吟〉的後半闋，一句一頓，至最後戛然而止，再三讀之，自可體會得這一份沉咽與蘊藉。

自上舉詞中，見出稼軒善於用典，儘管重重疊疊地用，讀來卻不覺其堆砌。他用典最多的是〈賀新郎　賦琵琶〉一首，那雖然是他的遊戲之筆，但於驅使自如中見得他的獨特風格。陳霆《渚山堂詞話》中說：「此篇用事最多，然圓轉流麗，不為事所使，的是妙手。」此語得之。

稼軒也最善於用比興，用比興則隱，隱則含蓄，含蓄則更蘊藉沉咽，於低徊綿麗中寄托著他無窮的感慨。試讀下面的一首詞：

祝英臺近　春晚

寶釵分，桃葉渡，煙柳暗南浦。怕上層樓，十日九風

雨。斷腸點點飛紅都無人管，倩誰喚啼鶯聲住。

　　鬢邊覷，試把花卜歸期，才簪又重數。羅帳燈昏，哽咽夢中語。是他春帶愁來，春歸何處，卻不解帶將愁去。

　　他以寶釵、桃葉、南浦等別離情景，比喻春去不可留。十日九風雨是暗指政局的不安定。主和者多，主戰乏人，有如風雨掩蓋了晴麗的陽光。飛紅零落，無人顧問，啼鶯就比喻他自己的一片孤忠，無人理會。下片借閨中少婦盼待愛人的婉轉情懷，哽咽地表達出對春的期望，對春的失望。隱隱寄托他幻滅的悲哀，非常含蓄。使人越讀越感染到那一份愁也纏繞了你。有餘不盡之意，都見諸言外了。張炎的《詞源》說：「辛稼軒〈祝英臺近〉，皆景中帶情，而存騷雅。故其燕酬之樂，別離之愁，迴文題葉之思，峴首西州之淚，一寓於詞。若能屏棄浮豔，樂而不淫，是亦漢魏樂府之遺意。」是很公允的評語。

　　用比興的含蓄之詞，還有兩首更好的例子：

摸魚兒

更能消，幾番風雨？匆匆春又歸去。惜春長怕花開早，何況落紅無數。春且住，見說道，天涯芳草無歸路。怨春不語，算只有殷勤，畫簷蛛網，盡日惹飛絮。

長門事，準擬佳期又誤，蛾眉曾恐人妒。千金縱買相如

賦，脈脈此情誰訴。君莫舞，君不見，玉環飛燕皆塵土。閒愁最苦，休去倚危欄，斜陽正在，煙柳斷腸處。

　　景中帶情，寓情於景，最得詩騷之旨，全首用比興，看來豪放雄健，而句句是撫時傷事，境界尤高。起首凌空著筆，借春歸喻南宋之偏安。「天涯芳草無歸路」，是指北望中原的沉痛。畫簷蛛網是指苟安的主和諸佞臣在粉飾太平。下半闋以陳皇后的被冷落自況，而「脈脈此情」，何能忘懷君國。玉環飛燕是比喻古來多少轟轟烈烈的大臣，也都被時代淹沒了。更何況自己的不得見用於朝廷，言下無限悲憤。末三句的危欄、斜陽、煙柳，比喻南宋命脈，不絕如縷。如此重大的感慨，卻出之以如此空靈之筆，真令人反覆低徊不已。據說宋孝宗看到這首詞，愒然不悅，雖未加罪，而耽於燕樂的庸主，卻始終不能重用他，予他以施展才華抱負的機會。

　　或謂此詞是稼軒因遣歸呂氏女，傷離懺情之作，我認為仍可把它當一首寄託大感慨的詞來看。所謂見仁見智，端在讀者。

菩薩蠻

鬱孤臺下清江水，中間多少行人淚，東北（原本作西北，依鄭騫先生《詞選》改東北。）望長安，可憐無數山。青

山遮不住，畢竟東流去，江晚正愁予，山深聞鷓鴣。

此詞不似一般小令之空靈飄逸而以沉咽之筆出之。蘊蓄著無限思君愛國之情。此詞是他於江西平寇後渴望回臨安而不可得，有感而作。清江水中有無數行人的淚，也有更多他的淚，無情的青山遮斷了他望長安（臨安）的視線，更不必說回去了。江水畢竟比他強得多，不會被青山遮住而向東流去。他呢，只有落寞地在傍晚的江干，聽深山中聲聲鷓鴣啼著「行不得也哥哥」。一股婉轉鬱勃之情，都寄託在眼前的景象中了。

現在讓我們來欣賞他作風的另一面。

鷓鴣天

陌上柔桑破嫩芽，東鄰蠶種已生些？平岡細草鳴黃犢，斜日寒林點暮鴉。

山遠近，路橫斜。青旗沽酒有人家，城中桃李愁風雨，春在溪頭薺菜花。

寫景最忌死板，把眼中所見，一樣樣流水帳似地記下來，即使是極盡詞藻堆砌之能事，擺出來的風景也是死的。論詞藻，吳夢窗的詞可說是最豐富的了，張炎卻譏他如「七寶樓臺，眩人眼目，碎折下來，不成片段」，這是什麼緣故呢，就是因為作者沒有把人物、故事、感情揉合在一起。

這個風景就動不起來了。試看稼軒這首詞是寫早春，卻緊緊地扣住現實的生活。第一句是眼中客觀的景，由桑的嫩芽立刻想起養蠶人家。因而緊接了第二句的「事」。而且用動問的語氣，顯得份外活潑。三四句雖是寫景，卻是動的景而非靜的景。黃犢在平岡的細草上行走著。斜日中，暮鴉都飛回寒林了。是一幅農村傍晚的景色，下半闋的「山遠近，路橫斜」真有如電影鏡頭，帶著你的視線望前追索。直等看到青旗飄搖的沽酒人家。酒店裡不用說有人在飲酒。又是一派幽靜有情致的農村風光。最妙的是末二句。由溪頭的薺菜花，一下子想到城中的桃李，思想是跳躍的，時空是倒置的。如果以現代的文學觀點來看，這兩句可以說是一種意識流 (Stream of consciousness) 的表現。再深一層看，城中的桃李在愁風雨，而溪頭的薺菜，卻是在春風中怡然自得。隱隱中寄托了作者對農村純樸生活的嚮往。看似即景之作，其實含有深意。

再來看一首元宵即景詞：

青玉案

東風夜放花千樹，更吹落，星如雨。寶馬雕車香滿路，鳳簫聲動，玉壺光轉，一夜魚龍舞。

蛾兒雪柳黃金縷，笑語盈盈暗香去。眾裡尋他千百度，

驀然回首，那人卻在燈火闌珊處。

這首詞的特點在觀點上的統一。他把一個五彩絢爛的燈市，由動寫到靜，由熱鬧歸到冷淡。上半闋是夜放花千樹與星落如雨的燈，更有滿街的寶馬雕車，滿耳的鳳簫笙鼓，滿眼的玉壺光，魚龍舞，給人的印象是多麼鮮明，多麼熱鬧。這是一幅動人的畫面。但下半闋漸漸地靜止下來了，撲火的蛾兒停向柳枝，盈盈的笑語歸去，此際正有一個世間最寂寞的人，低徊於燈火闌珊之處。由無限繁華轉向無限淒清，是一種超人的境界，出世的境界。梁啟超說他是「自憐幽獨，傷心人別有懷抱」。這與杜甫的「天寒翠袖薄，日暮倚修竹」。蘇東坡的「揀盡寒枝不肯棲，寂寞沙洲冷」。正是同樣高潔的情操。短短一首小令，看似寫景，卻寓有人世繁華瞬息的無常之感，也寫出了他個人孤高的風格。所以我說稼軒的詞，首首都是他人格的反映。

上文說過，他的詞的風格是多方面的，有波濤壯闊，金戈鐵馬的民族感慨的詞，也有旖旎風光，纏綿悱惻的兒女詞，有嚴肅面的，也有輕鬆幽默面的。且看下面一首。

粉蝶兒　和趙晉臣敷文賦落梅

昨日春如十三女兒學繡，一枝枝不教花瘦。甚無情便下得雨僝風僽。向園林鋪作地衣紅縐。

而今春似輕薄蕩子難久。記前時送春歸後，把春波都釀作一江醇酊。約春愁楊柳岸邊相候。

　　稼軒的一枝妙筆，就是把一切都賦以生命，把它們人格化起來。春去春來，千古以來不知多少詩人詞人，為它寫下多少詩篇，卻沒有一首寫得有他這般有趣，這般活潑，這般出奇的。他把春比作十三女兒，比作輕薄蕩子，還要與春愁相約在楊柳岸邊，是怎樣巧妙的設想。我覺得稼軒寫景的最大特色、最大成功處就是「動」的姿態。一動便一切都活了。如他的〈漢宮春〉寫立春：「春已歸來，看美人頭上，嫋嫋春幡。」就是一種動的婀娜之姿。下片的「卻笑東風，從此便薰梅染柳，更沒些閒。閒時又來鏡裡轉變朱顏」。也是動的，有意志的，這就是人格化的寫法。又如「我見青山多嫵媚，料青山見我應如是」。都是最好的動的例子。

　　他的另一個特色，就是時常以白話俚語入詞，例如〈夜游宮〉譏俗客：「有個尖新底，說底話非名即利。說的口乾罪過你，且不罪，俺略起，去洗耳。」他的家鄉土話都出來了。又如〈戀繡衾〉，完全是描摹女性怨恨的口吻：「如今只恨因緣淺，也不管抵死恨伊。合手下安排了，那筵席須有散時。」與前面所舉的那些長調一比，真不像是出諸一人手筆呢。

五

　　辛棄疾一生最服膺的是陶淵明。他推崇陶淵明「須信采菊東籬，高情千載，只有陶彭澤」。他讚美陶詩「千載後，百篇存，更無一字不清真」。足見他對陶淵明的欽仰。他儘管懷有滿腔報國熱忱，卻並不是個熱中功名利祿的人。他之嚮往陶淵明，一則是由於他們有著同樣崇高的氣質，二則是他們的身世與心境，亦頗有相似之處。淵明生當晉宋離亂之時，他又是個熱愛人類的性情中人。懷著一腔「欲有為而不能為」的憂鬱，自動地掛冠而去。歸田以後，在開始心情未始不矛盾。他盡量排遣才歸於平靜悠閒，終於體會到「此中有真趣，欲辨已忘言」的境界。中間經過多少艱苦的衝突才得自我超越。辛稼軒又未始不是如此。他晚年再度被黜，退隱之後才越發了解淵明的心境。所以他說「向北窗高臥，東籬自醉，應別有歸來意」。體會此一層境界之後，他才能真正地嘯遨山水，深得田園閒適的情趣。從他的詞中，隨處可以見到。例如〈西江月〉：「明月別枝驚鵲，清風半夜鳴蟬。稻花香裡說豐年，聽取蛙聲一片。」讀之使我們彷彿也聞到那股淡淡的稻花香，而體會到這位詞人度著農村生活的恬靜心情。又如另一首〈西江月〉中的「如今何事最相宜，宜醉宜遊宜睡。……酒翁依舊管些

兒，管竹管山管水」。是何等灑脫的心胸。他寫田園生活最
有情趣的是一首〈清平樂〉：

　　茅簷低小，溪上青青草。醉裡吳言相媚好，白髮誰家
　　翁媼。
　　大兒鋤豆溪東。中兒正織雞籠。最喜小兒無賴，溪頭看
　　剝蓮蓬。

　　儘管他的田園閒居生活是如此的富於情趣，心胸是如
此的灑脫，而在他內心深處，仍不時有一份鬱勃之氣，與
落寞之感，從他的字裡行間透露出來。我們且讀他的〈鷓
鴣天〉：

　　有甚閒愁可皺眉？老懷無緒自傷悲。百年旋逐花陰轉，
　　萬事長看鬢髮知。
　　溪上枕、竹間棋。怕尋酒伴懶吟詩。十分筋力誇強健，
　　只比年時病起時。

　　一種無可奈何的悲愴，也同樣感染了讀者。他老了，
他不能再氣吞萬里，馳騁沙場，他也不能親眼看見中原統
一了。他悲嘆著「追往事，嘆今吾。春風不染白髭鬚。卻
將萬字平戎策，換取東家種樹書」。在絕望之餘，他只好放
棄了平戎策，讀讀不在禁例的種樹書了。他的幽默，也正
是他沉重的悲哀啊。

讀書與生活

琦君／著

在「讀書」中，琦君以中國文學科班的身分引領讀者閱讀文學作品，感受文學世界中的細膩情感。在「生活」裡，琦君以溫厚的語調，娓娓道出對生活、對時事的感懷，以及對子女的愛護，不論家事、國事還是天下事，無處不可感受到她的溫柔關懷。你想著更了解琦君嗎？且隨著她一起讀書，一起生活；一起明善心，見真情。

國家圖書館出版品預行編目資料

琦君小品／琦君著.－－四版一刷.－－臺北市：三民，
2021
面；　公分.－－（品味經典/美）

ISBN 978－957－14－6998－0　（平裝）

863.55　　　　　　　　　　　　　　109016908

琦君小品

作　　者	琦　君
發 行 人	劉振強
出 版 者	三民書局股份有限公司
地　　址	臺北市復興北路 386 號 (復北門市)
	臺北市重慶南路一段 61 號 (重南門市)
電　　話	(02)25006600
網　　址	三民網路書店 https://www.sanmin.com.tw
出版日期	初版一刷 1966 年 12 月
	三版四刷 2017 年 5 月
	四版一刷 2021 年 3 月
書籍編號	S851960
I S B N	978-957-14-6998-0

三民書局